会津八一

Aizu Yaichi

村尾誠一

コレクション日本歌人選068
Collected Works of Japanese Poets

笠間書院

『会津八一』——目次

凡例

一、本書には、明治・大正・昭和の歌人会津八一の歌五十首（俳句一句を含む）を載せた。

一、作品の配置はおおよそ、奈良の歌、京都他の古寺の歌、八一の生涯に関わる歌、の順に行った。

一、八一の歌は、『会津八一全歌集』（中央公論社・昭和六二年）から収録した。生前刊行の『会津八一全歌集』（中央公論社・昭和二十六年）をもとに、『会津八一全集　巻四』（中央公論社・昭和五十七年）の成果を取り入れたものである。八一の三大歌集といえる『鹿鳴集』（創元社・昭和十五年）『山光集』（養徳社・昭和十九年）『寒燈集』（四季書房・昭和二十二年）所収歌については、その歌集名も出典として記した。

一、八一の年齢は、原則として満年齢で記した。

会津八一

01　おほらかに　もろて　の　ゆび　を　ひらかせて　おほき　ほとけ　は　あまたらしたり

【出典】南京新唱＊『鹿鳴集』＊

おほらかに諸手の指を開かせて大き仏は天たらしたり

｜ゆったりと両手の指をお開きになって、この大きな仏は、世界を覆うようにしていらっしゃる。｜

「東大寺にて」＊という詞書《ことばがき》の歌である。八一は書家でもあり、仮名書きで分かち書きされる表記法は、模索の末に血肉化された方法である。ここでも本文はその形で掲出し、口語訳の前に、一般的な漢字交じりの本文を示した。八一の歌は多くの歌碑に刻まれるが、自筆で仮名表記を基本とする。この歌も東大寺の大仏殿脇の歌碑に刻まれている。歌碑は奈良の所々に見られ、多くの人にとって、八一は奈良を歌う歌人であり、古美術巡礼の導き手のよ

＊南京《なんきょう》新唱—明治四十一年八月から大正十三年までの奈良の歌を収める。なお、『南京新唱』という書名で八一最初の歌集が大正十三年に春陽堂から刊行された。

＊『鹿鳴《ろくめい》集』—昭和十五年（一九四〇）、創元社から刊行。『南

うな存在であろう。歌人としての本領も、そこにあることは確かであり、この本でも奈良を歌う歌人としての八一を語ることからはじめたい。

東大寺の大仏を歌ったこの歌、何よりも大きさとして我々の前に迫って来るこの仏像の印象を、実にうまく捉えた一首といえよう。ゆったりと堂内に座している巨大な像の印象は、この歌からも感じ取られるだろう。言葉としては「あまたらしたり」の結句が気になるのではないか。『万葉集』の読者であれば、天皇が国土を統治する様を詠む言葉として記憶されていよう。聖《しょう》武《む》天皇《てんのう》による総国分寺として建てられた寺だから、その解も間違いではない。しかし、八一は、美術史の専門家である。八一自身の手になる自歌に対する注である『自註鹿鳴集』*ではお経に拠《よ》る表現であることを注する。

そもそも大仏は、盧舎那仏《るしゃなぶつ》と呼ばれる仏である。この仏は『梵網経《ぼんもうきょう》』という経典に詳述され「宇宙に遍満《へんまん》すとも、或《あるい》は宇宙と大さを同うすともいふべし」と八一はその主旨を述べる。つまりは、世界の中心にあり、世界中を救いの志でおおう仏である。大仏の真の大きさはそこにあり、それを八一は「あまたらしたり」と表現したのである。八一の仏像の歌は美術史の専門家としての学識に支えられているのである。

京新唱』に後の作品を増補したもの。八一の意識としては、本格的に刊行された最初の歌集。八一の最も代表的な歌集である。

*東大寺―奈良市雑司町にある華厳宗の大本山。聖武天皇の発願により建てられ、総国分寺となる。

*『自註鹿鳴集』―八一自らが『鹿鳴集』に注を加えたもの。昭和二十八年に新潮社から刊行された(現在は岩波文庫にも入っている)。

02

あまたたび　この　ひろまへ　に　めぐり　きて　たちたる　われ　ぞ　しる　や　みほとけ

【出典】南京新唱『鹿鳴集』

あまた度この広前にめぐり来て立ちたる我ぞ知るやみ仏

奈良をめぐるたびに何度もこの寺にやって来て、大仏の前に立った私であるよ。私を知っているだろうかこのみ仏は。

やはり東大寺の大仏を歌った作品である。八一は、早稲田大学で坪内逍遙*らに英文学を学び、長く早稲田中学校で英語教師を務めた。その中で奈良の古美術巡礼を重ねて、五十歳になる昭和六年（一九三一）早稲田大学の美術史学の教授に就任している。八一の学問は、数え切れない程に対象の前に立った鑑賞体験に裏打ちされたものであった。

八一の奈良への初旅*は二十七歳の明治四十一年（一九〇八）であったが、すでに

＊坪内逍遙―小説家・評論家・劇作家。美濃（岐阜県）生れ。東大卒。早大教授。文学論『小説神髄』、小説『当世書生気質』を発表。シェークスピア全集の個人訳がある。（一八五九―一九三五）

＊初旅―明治四十一年の八一

古寺巡礼は、仏教信仰に基づいた巡礼のみではなく、美術としての建築や仏像を訪ねる古美術巡礼としても成立していた。八一は英文学からの示唆もありギリシャ美術に興味を抱いてその研究を始めていた。友人淡島寒月《*あわしまかんげつ》などの影響もあり、奈良美術巡礼の旅へでかけ、その美術と奈良の風光にたちまちに魅了された。八一の奈良の歌も、その旅からはじまる。

「たちたるわれぞしるやみほとけ」の下句は、大仏の前に自らの存在を誇示する気持ちがないわけではない。この仏像のことを本当に知っているのは自分だという美術史学者としての自負はあるだろう。

一方、「しるや」という仏像に対する問いかけには、どうしようもない孤独感と淋《さび》しさがある。八一の弟子の吉野秀雄*『鹿鳴集歌解』では、「盧遮那仏に向つて、さびしさを叫んだ歌」と解する。八一の奈良巡礼は、美術史の研究の旅ではあれ、恋愛の問題とも推測される事情や、勤め先の学校での問題の煩悶《はんもん》を抱える旅であったこともある。奈良の仏はそうした心を預ける対象でもあった。だが、それは叶《かな》わないのではないかと思う故の孤独感がある。仏像を歌う八一の歌にあふれている独特の情感は、そうした事情にも由来するのだと考えられよう。

は、早稲田大学卒業後奉職していた郷里新潟の有恒学舎中学の英語の教師であった。

＊淡島寒月―広範な知識を持つ趣味人で古物も収集する。明治の作家・画家で、八一とも親しい。（一八五九―一九二六）

＊吉野秀雄―八一の弟子である歌人・書家。『鹿鳴集歌解』（創元社・昭和二十二年、中公文庫に入る）は、師の歌集の注解であるが、弟子ならではの細やかな鑑賞は瞠目させられる。（一九〇二―一九六七）

03
をじか なく ふるき みやこ の さむき よ を いへ は おもは ず いにしへ おもふ に

牡鹿鳴く古き都の寒き夜を家は思はずいにしへ思ふに

【出典】南京新唱『鹿鳴集』

牡鹿の鳴く古い都の寒い夜に、留守にした家のことは思わない。古代のことに想《おも》いを馳《は》せるので。

「奈良の宿にて」という詞書の一首である。八一の奈良での常宿は、東大寺の近く、登大路に面した日吉館《ひよしかん》*であった。博物館と道をはさみ、美術巡礼には恰好《かっこう》の場所で、多くの美術関係者や文人が宿り、彼等に憧れる若い学生達も集まった。私も学生時代の昭和五十年代にこの宿の雰囲気に参加でき、学問の世界を憧憬する学生同士の語らいの中で、世間からは精神的に隔絶され、美術と学問と奈良の風光の世界だけで時間が流れる場に浸り切ることが

*日吉館—昭和の終わり頃まで運営されていたが、現在は建物も取り壊されている。太田博太郎編『奈良の宿・日吉館』（講談社・昭和五十五年）という回想録が編纂された。

できた。宿の看板は八一の書で、部屋には色紙や額が掛けられていた。

そうした雰囲気を作り上げた主役が八一であり、その出来上がった雰囲気の最後の時期を端役の一人として享受した私の感性を、むやみに拡張することは慎まなくてはならない。しかし、街から離れた静かな一画、時折鹿鳴も聞こえ、庭にも鹿がまぎれ込んで来る。外に接する空間の多い町屋造りだけに、寒さが染みいり、部屋にまで及んで来る。そうした空間の記憶は八一と共有していると信じたい。

寒さの中で思う「いにしへ」は、幼年時代といった自らの回想ではないことは言うまでもない。奈良の美術が生み出された時代である。そうした時代のことを考える、学問の世界だけに静かな夜に想いを馳せている幸福な時間である。この宿は八一にもそうした時間を恵ませてくれる故に、愛したのであろう。なお、最後の「に」は理由を示す上代語の助詞である。

「家」は『自註鹿鳴集』に「我が家」と注する。八一は生涯独身を通した。家族を持つわけでもなく、家も学芸に遊ぶ場ではあった。しかし、生活の拠点である以上、対人関係や仕事の場でもある。そうした中で八一が感じる様々な思いは、先に記したように軽くはない。「家」はそれをも含んでいよう。

04

かすがの　に　おしてる　つき　の　ほがらかに　あき　の　ゆふべ　と
なり　に　ける　かも

【出典】南京新唱『鹿鳴集』

春日野におし照る月のほがらかに秋の夕べとなりにけるかも

春日野に強く照りつける月も輝きをまして、もう秋らしい夕べとなったものだなあ。

「春日野にて」の詞書を付す。春日野は、春日山の西麓一帯だが、現在の奈良公園の範囲で、東大寺・興福寺・春日大社の周囲の野である。奈良国立博物館の周辺が東に向かい野としての広がりを見せ、鹿が遊んでいる。この歌では、初秋の野を過ぎり、秋が来ていることを、月光の輝きの中に実感している。八一の奈良詠は、美術のみではなく、その風光への深い感応に特色がある。『鹿鳴集』の最初の歌であり、この歌を刻んだ歌碑は、「私のポケットモネーで造らせた」と『続渾斎随筆《こんさい》』*の「私の歌碑」に記されており、自信作だったようである。また「若い頃」の作とも記されている。

「おしてる」は、『自註鹿鳴集』で「照らすといふことを、さらに意味を強めていへり」と注するが、『万葉集』の言葉で、「我がやどに月おし照れりほととぎす心あれ今夜《こよひ》来鳴きとよもせ」（巻八・大伴書持）など作例は多い。「ほがらかに」は光がさして明るい様。また、末句の「けるかも」も『万葉集』の特徴的な歌い収めである。この歌は、『万葉集』から語彙と句法を移し、万葉調が顕著な一首である。万葉調は八一の作品を特徴付けるものであり、八一もそれを自覚している。

八一が本格的に歌を作るようになった契機は奈良旅行であり、奈良の歴史と風土が、自《おの》ずと八一の気質とも合致する形で、万葉調を実現させたという見方も誤りではあるまい。一方では、当時の短歌界は、『アララギ』をはじめ、万葉調を重視する流れが顕著であり、そうした流れを作った一人が正岡子規*である。後にも述べるが、八一の文学活動は早熟であり、十六歳の明治三十年（一八九七）頃には子規派の俳句に学び句作を始め、上京後子規とも面会している。八一の万葉調は、そのことも合わせて考えなくてはなるまい。

＊『続渾斎随筆』―八一が自ら編んだ随筆集『渾斎随筆』に倣い、弟子の宮川寅雄の手により編まれた八一の随筆集（中公文庫・昭和五十五年）。

＊正岡子規―俳人・歌人。写生による新しい俳句を作り指導する。「歌よみに与ふる書」を著して万葉調を重んじ短歌も革新し、根岸短歌会を興す。（一八六七―一九〇二）

05

おほてら　の　ほとけ　の　かぎり　ひともして　よる　の　みゆき　を
まつ　ぞ　ゆゆしき

【出典】南京新唱『鹿鳴集』

大寺の仏のかぎり灯ともして夜の行幸を待つぞゆゆしき

大寺のすべての仏の前に灯をともして、夜の天皇の行幸を待つのは、厳かで美しい風景だ。

東大寺に戻ろう。この歌は「東大寺懐古」という詞書によるものである。『自註鹿鳴集』では、『続日本紀《しょくにほんぎ》』の天平《てんぴょう》十八年〔七四六〕の聖武《しょうむ》天皇以下が東大寺に集まって行われた、燃灯供養《ねんとうくよう》を詠んだものとする。「仏ノ前後ノ灯一万五千七百余坏」そして、数千の僧が脂燭をささげて行道したという記事を引く。さらに、同様な供養が天平勝宝《てんぴょうしょうほう》六年〔七五四〕にも行われた旨を注する。奈良の宿の歌でも触れた「いにしへおもふ」は、このような文献に基づいた想像も含まれる。現代であれば、奈良時代のそれとは異なるとはいえ、様々な手法でもって、例えばライトアップで大仏殿と大仏が照らされたり、大仏殿の広場一面に灯明が並べられたりと、夜に明かりに照らされる大寺の姿を眼前に体験する機会は少なくない。八一の生きた時代には、そのような機はなかったであろう。八一は文献の記事から、そうした情景を想像する他ないのであり、頭の中で想像された風景を「ゆゆし」と歌う。「ゆゆし」は、神聖で触れてはならない様を原義として、様々な格別な状況で用いられる。ここでは「厳かで美しい」と訳出したが、灯《あか》りの華麗さとそれに照らされた仏像の神々しさを意識したつもりである。

燃灯会の夜が更けた様を「*おほてら の には の はたほこ さよ ふけて ぬひ の ほとけ に つゆ ぞ おき に ける」と歌い継ぐ。「はたほこ」は鉾《ほこ》のような棹《さお》に幡《はた》を取り付けたもので、そこに仏が刺繍《ししゅう》されている。夜が更けるに従い、気温も下がり、縫われた仏の上に露の置く様を想像する。行幸は十月であったが、繊細な情景の中で初冬の夜の寒さをまざまざと感じさせる。八一の歴史の場面への想像力の豊かさに感嘆させられよう。

*おほてらのには……——大寺の庭に立てられた幡鉾よ。夜も更けて、幡に縫われた刺繍の仏に、露も置くのだなあ。

06

びるばくしや　まゆね　よせたる　まなざし　を　まなこ　に　みつつ
あき　の　の　を　ゆく

【出典】南京新唱『鹿鳴集』

毘楼博叉まゆ根よせたる眼差しをまなこに見つつ秋の野を行く

広目天の両の眉を寄せ遥か彼方を見入る目を、眼底に焼き付けながら堂を出て、秋の野を行く。

「戒壇院をいでて」の詞書の一首である。東大寺は大仏殿のみではなく、広い寺域の起伏に富んだ地勢の中に、美術史的にも景観的にも魅力のある諸堂が点在している。西の森の中にある戒壇院もその一つである。戒壇は僧に戒律を授ける重要な場だが、聖武天皇が鑑真を招き大仏殿前に築いた壇を引き継いだものである。現在の堂は江戸時代の小さなものであるが、中央に土壇が築かれ、その四方を*天平時代の*塑像《そぞう》の四天王が守る。

*天平時代―美術史の時代区

四天王は仏法の守護神であるが、この堂では何《いず》れも革の鎧《よろい》を着用している。天平時代の傑作であり、わずかに彩色が残る。広目天は、左手に巻物を、右手に筆を持ち、厳しい表情で仏敵を排そうとしている。広目天の梵名《ぼんみょう》（サンスクリット語による名前）が「びるばくしや」であり、「毘楼博叉」「毘留羅叉」などの漢字が当たる。*『渾斎《こんさい》随筆』では、音調からこの語を選んだ旨が詳述され、この力強い音調を得たことが、この作品の生命となっている。

　その力強さは、この歌では目に集約されるが、それを「まゆねよせたる」と表現する。仏敵を睨《にら》む厳しい目つきだが、八一は、「両の眉を寄せて、遥かなる彼方を見入るが如き目つき」とニュアンスのある注を『自註鹿鳴集』で付している。そうした目つきを自らの眼底に焼き付けながら、「あきのの」を行く所にこの歌の抒情《じょじょう》があり、仏像の姿の描写にとどまらない魅力がある。

　はたして、その抒情を、どのように説明すべきであろうか。読み手の自由に委ねられてはいようが、秋の野（春日野であろう）を一人行く姿に、孤独を読み取ることは許されるであろう。淋しさと言ってもよいかもしれない。美術と己の心情の重なりに八一の歌の特質がある。なお、広目天の目が八一に似ているという評判が『渾斎随筆』等に書かれている。

分で、一般的な歴史区分の奈良時代に相当する時代。写実性に特色があり、仏教美術の古典的完成の時代とされる。

＊塑像―粘土により作られた仏像。心木に藁縄を巻き、粘土で形を造って行き、彩色される。

＊『渾斎随筆』―八一生前の唯一の随筆集。『鹿鳴集』の歌の注解でもある。昭和十七年に創元社から刊行（中公文庫に入る）。

07

びしやもん　の　おもき　かかと　に　まろび　ふす　おに　の　もだえ
も　ちとせ　へ　に　けむ

【出典】観仏三昧*『鹿鳴集』

毘沙門の重きかかとにまろび伏す鬼のもだえも千歳経にけむ

毘沙門天の重いかかとの下に、丸くなって伏している鬼の苦しみも、千年を経ているのだろうか。

「三月堂にて」の詞書の一首。大仏殿の東側にある三月堂は、寺内でも貴重な天平時代の本堂に、鎌倉時代の礼堂が合体した建物で、天平時代の仏像が所狭しと配されていた（現在は博物館ができてかなり整理されている）。やはり四隅には四天王像が配され、多聞天像の梵名が「毘沙門」である。前歌の「毘楼博叉」に比して耳近い。三メートルに及ぶ乾漆《かんしつ》*による大像である。

四天王は邪鬼を踏みつけた姿で表されることが多いが、ここでは踏みつけ

*観仏三昧《ざんまい》—昭和十四年十月の年記を持つ。

*乾漆像—木または土の芯の上に、麻布を漆で何重にも重ねて造って行き、彩色さ

られたそれに注目している。「観仏三昧」は昭和十四年（一九三九）十月の年記を付した歌群だが、昭和十六年に大和を巡った堀辰雄*の『大和路』*でも、四天王に踏まれる邪鬼への言及がある。こちらは、戒壇院の四天王だが、一緒に見ていた小説家の「こいつもかうやつて千年も踏みつけられてきたのかとおもふと、ちよつと同情するなあ」という言葉を録している。堀は、その小説家らしい「ヒュウマニズム」と記すが、思わぬ符合に太平洋戦争直前の、圧迫に敏感にならざるを得ない時代の感性を想像したくもなる。

しかし、八一の場合、これが美術史家としての文献的な知見に基づいていることを『自註鹿鳴集』に注している。十二世紀の巡礼記『七大寺巡礼私記』*に、四天王の「足下ノ鬼形等神妙ナリ」とあり、『七大寺日記』*にも録される旨が記され「仏像の精工を賞讃して脚下の鬼類にまで及べるは、古来甚だ稀なり」とも記している。言うまでもないことだが、八一は、その文献的な知見をそのまま歌にしたわけではない。「神妙」という言葉と「まろびふすおにのもだえ」とは大きく違う。文献的な知見に基づいた観察から独自の像を結ばせ、「ちとせへにけむ」という感想に至っている。そこに込められた思いは平安朝の文人とは異なるはずである。

れる。

*堀辰雄—小説家。芥川龍之介に師事。「聖家族」「美しい村」「風立ちぬ」「菜穂子」など。（一九〇四—一九五三）

*『大和路』—正確には『大和路・信濃路』。堀没後の刊行で、生前には『花あしび』として刊行された。

*『七大寺巡礼私記』—大江親通による大和古寺巡礼記。次の『七大寺日記』に保延六年（一一四〇）の記録を加え、より詳細な記事としている。

*『七大寺日記』—大江親通による嘉承元年（一一〇六）の大和古寺巡礼記。

08

てらには の ひる は しづけし みづ みてて いし に すゑたる みんげい の かめ

寺庭の昼は静けし水みてて石に据ゑたる民芸の瓶

【出典】観音院『山光集』*

―寺の庭の昼は静かで、水を満たして石に据えた、民芸の瓶が置かれている。―

「観音院」は昭和十六年（一九四一）十月の年記がある。「東大寺観音院にいたり前住稲垣僧正をおもふ」の詞書の「むかし* きて かたりし そう の おもかげ の しろき ふすま を さり がてぬ かも」に続く一首である。観音院は東大寺の塔頭《たっちゅう》*で、三月堂近く、校倉《あぜくら》造りの経蔵の前にある。この院の前の住職である稲垣晋清《いながきしんせい》と八一は親しい関係で、しばしば院に訪ね談がはずんだようである。『鹿鳴集』にもこの人を訪ねる歌がある。

*『山光集』―『鹿鳴集』に次いで、昭和十九年（一九四四）、養徳社から刊行。巻末に自注を付す。

*むかしきて…―昔やって来ては語った僧侶の面影が、まざまざと浮かぶ白い襖の前を、去り難く思うよ。

*塔頭―大寺院の中にある小

稲垣晋清は、『良弁僧正御伝記』などを編んだ学僧であるが、物故後の観音院の住職となったのが*上司海雲《かみつかさかいうん》である。上司は別名「壺法師」と呼ばれるように、民芸の壺や瓶の収集で知られていた。この歌に詠まれた「みんげいのかめ」も、そうして集められた一つであった。倒れないように水を満たして、石の上にどっしりと据えられていたのであろう。それが真昼の寺の庭の静けさにふさわしい存在感をもっているという、写生的な一首である。「むかしきて」の歌との関連で読むならば、その存在感は、親しんでいた前住が去って、確実に時が経過してしまったことを示すことになろう。

新しい住職である上司は、新薬師寺近くに居を構えその地名から高畑《たかばたけ》サロンと呼ばれていた志賀直哉の宅に、集まる一人であった。直哉転居後の奈良の文化人のサロンを引き継ぐ形となったのが上司であり、その場所が観音院であった。多くの文化人がそこに集まり、画家の杉本健吉*や、写真家の入江*泰吉《たいきち》は特筆しておいてよいであろう。特に入江の奈良の風土と寺々とが融合した写真の世界は、八一の歌とも通じるところが大きい。八一もそこに集う一人となる。孤独に寺々を巡る印象が強い八一だが、奈良の人々との交流も欠かせないものであった。

寺院。高僧の私房となる。

*上司海雲―華厳宗の僧侶。第二〇六世東大寺別当。「観音院さん」の名で親しまれた。（一九〇六―一九七五）

*杉本健吉―洋画家。岸田劉生に師事。奈良風景を題材とした画業で知られる。（一九〇五―二〇〇四）

*入江泰吉―主に大和路の風景、仏像の写真を撮り、高い評価を受けた。（一九〇五―一九九二）

09　みとらし　の　あづさ　の　まゆみ　つる　はけて　ひきて　かへらぬ
いにしへ　あはれ

【出典】南京新唱『鹿鳴集』

みとらしの梓の真弓つるはけて引きてかへらぬいにしへあはれ

太子自身が持たれた弓の弦に矢をつがえ、引けば戻らないように、戻ることのない古代を想うと、しみじみとした感になる。

法隆寺*の歌に移る。この寺は聖徳太子*由縁の寺であり、現存する大和の寺では最古の存在である。寺には太子遺愛と伝えられる文物が多く伝わる。その一つが弓であり、それを目のあたりにした感激の伝わる一首である。『自註鹿鳴集』では、太子手沢に確証はないとし、様々な文献資料を引くが、歌は明治四十一年(一九〇八)の奈良への初旅の折のもので、この弓を見て「勿《たちま》ち太子思慕の情に堪へず。恍惚として勿ち此の歌を詠みしもの」と記している。

*法隆寺―奈良県生駒郡斑鳩町にある聖徳宗の総本山。七世紀初め聖徳太子の建立と伝えられる。

*聖徳太子―用命天皇の皇子。厩戸皇子。推古天皇の摂政として冠位十二階・十七条憲法を制定。小野妹子を隋に派遣して国交を開い

初旅の記念でもあり、八一の太子への深い興味と共感が伝わる。

「つるはけて」は耳遠い言葉だが、八一は「「はく」とは「剝《は》ぐ」にあらず、「矧《は》く」なり。弓に弦を掛くること」と自注する。『万葉集』巻七の作者未詳歌「陸奥の安達太良真弓《あだたらまゆみ》弦著《つらは》けて引かばか人の我《わ》を言《こと》なさむ」に拠るところが大きい。若き日から『万葉集』に親しんでいた様が知られる。なお、歌の構造は、「ひきて」までが「かへらぬ」を導く序詞となるが、序詞は単なる装飾ではない。実物を目にした深い感動が息づいている。「かへらぬ」は千年以上の昔に対して言うのはやや違和感があるが、それだけ八一の感性は、その時代に入りこんでいるのであろう。

法隆寺に伝わる太子遺愛の文物のうち、『三経《さんきょう》義疏《ぎしょ》』と呼ばれる『法華《ほっけ》経《きょう》』『勝鬘経《しょうまんきょう》』『維摩経《ゆいまきょう》』の注釈は、太子の真筆であるとされて、太子の学問修養の様をまざまざとさせる書跡である。八一はこれについても「ぎそ*の

ふで　たまたま　おきて　ゆふかげ　に　おり　たたし　けむ　これ　の
ふるには

」と詠む。注の執筆に疲れて太子が夕方の庭に出てくる様を詠んだものだが、太子になり変わったかのような想像力である。これは『鹿鳴集』中の大正十四年（一九二五）の「南京余唱*」の作である。

た。広く学問に通じ、深く仏教に帰依した。（五七四―六二二）

*ぎそのふで…――注釈の筆をたまたま置いて、夕方の時間に、部屋から降りて来られたのが、この古い庭なのだ。（『自註鹿鳴集』では「義疏」は普通「ギショ」と読むが音調の上から「ギソ」と読んだ旨が注されている。）

*南京余唱――大正十四年三月と十一月の歌を収める。私家版で『南京余唱』としても刊行された。

10

ちとせ　あまり　みたび　めぐれる　ももとせ　を　ひとひ　の　ごとく
たてる　この　たふ

【出典】南京新唱『鹿鳴集』

千歳あまり三たびめぐれる百年を一日のごとく建てるこの塔

―千年に余り、さらに三度めぐる百年の長い時間を、まるで一日であったかのように、この塔は建っている。―

「五重の塔をあふぎみて」の詞書。法隆寺の第一の中心はこの五重塔の建つ西院である。回廊に囲まれ、金堂・塔・講堂が建つ。『自註鹿鳴集』で「太子の千三百年忌が近しといふ印象の下に、おほらかにかく歌ひたるなり」と注する。『日本書紀』による太子の没年推古二十九年（六二一）からの起算で、大正十年（一九二一）四月十一日に*遠忌《おんき》法要がなされた。その長い時間を一日であったかのように、確固と建ち続ける塔を歌ったものである。

*遠忌法要―宗祖などの遺徳をたたえるため五十年忌以後、五十年ごとに行う法要。

五重の塔はじめ西院の堂塔は太子による創建で、推古十五年（六〇七）に建てられたまま残っているものと信じられていた。しかし、『日本書紀』天智《てんじ》九年（六七〇）の条に法隆寺全焼の記事があり、現在の法隆寺は焼失後再建された建築であるとする説が唱えられた。それに対して、建物の様式や尺方から、七世紀初頭と考える他はなく、焼失記事は誤りであるとする見解も出され、再建論・非再建論が大きな論争となった。

美術史家としての八一にとっても、法隆寺の再建・非再建は、最大の研究論題であり、昭和八年（一九三三）刊行された*『法隆寺法起寺法輪寺建立年代の研究』を、翌年早稲田大学に博士学位請求論文として提出した。八一は文献及び実物の研究から、法隆寺が焼失したのは事実だが、天智九年ではなく、創建から二・三ヶ月後の推古十五年のうちであり、金堂は推古三十年代に、塔はそれからやや遅れての再建というユニークな結論を得た。何《いず》れにしても、太子生前の完成ではないものの、その再建にも太子の関わりは大きいということになろう。ユニークというのは、学説史上もそうならざるを得ないと思われる。論文にそのような思いの発露はないが、八一の太子への深い思いは、粘り強い考証を背後で支えていると想像される。

＊『法隆寺法起寺法輪寺建立年代の研究』―昭和八年東洋文庫叢刊として刊行、『会津八一全集　巻一』に入る。

11

おし ひらく おもき とびら の あひだ より はや みえ たまふ
みほとけ の かほ

【出典】南京新唱『鹿鳴集』

おし開く重き扉の間よりはや見えたまふ御仏の顔

僧が開いてくれる重い扉の間から、早くも姿を見せて下さる御仏の顔よ。

「法隆寺の金堂にて」の詞書の一首である。法隆寺西院では、五重塔と並んで金堂が建つ。金堂の中心は釈迦三尊《しゃかさんぞん》像であり、推古三十年（六二二）太子の病気平癒を願い、*止利仏師《とりぶっし》の手により造立された仏像である。前の歌の解説と年号の一年違いに気づかれたと思うが、この年号は、やはり本堂に安置されている*飛鳥時代《あすかじだい》の薬師如来像の光背に刻まれた銘文によるもので、その甲斐《かい》なく、太子はこの年に没したとする。中国の北魏《ほくぎ》の様式を受け、*アルカイッ

*止利仏師―鞍作止利《くらつくりのとり》。飛鳥時代の仏師。渡来人の子孫で、止利派の祖となる。

*飛鳥時代―美術史の時代区分では、仏教公伝の五三八年から、大化の改新の六四

ク・スマイルと言われる神秘的な微笑で知られ、奈良古美術の白眉の一つである。「はやみえたまふみほとけのかほ」は、この像のことであろう。この像にまた出会える期待がリズムを奏でている。

八一が古寺を巡りはじめた頃は、法隆寺でも参観者が少なく、金堂もその都度、扉を明けて案内した旨が『自註鹿鳴集』に記されている。訳文では扉を開けるのを「僧」としたが、案内人であったかもしれない。自註によれば、扉は高く広く厚く重く、「これを閉す音に悠古《ゆうこ》の響あり」として、その音の記憶に言及している。次に置かれた歌は、まさに、その扉を閉ざす歌*「たちいでて　とどろと　とざす　こんだう　の　とびら　の　おと　に　くるるけふ　かな」である。この両首の間の時間で、八一は金堂の仏達と対面するわけだが、視覚に訴える期待と、聴覚に残る余韻とが、その間の豊かな時間の存在を自ずと語っている。

無論、金堂も含め西院の建物全体（仏像は火災の場合運び出される）が再建・非再建論の対象だが、昭和十四年（一九三九）にはその敷地に一部重なる若草伽藍《がらん》跡が発掘され、議論の大きな焦点となった。八一はそれに対しては特に発言はない。

五年までを飛鳥時代、それ以後奈良遷都七一〇年までを白鳳時代とする。

*アルカイック・スマイル――ギリシャ古拙期の彫刻に見られる微笑だが、八一はその伝播とする説には同意せず、時空を隔たった用語を安易に用いることにも批判的であった。

*たちいでて……――堂を出て、ごろごろと音をたてて閉ざす金堂の扉の音と共に、今日も暮れて行くことだ。

12 ひとり きて めぐる みだう の かべ の ゑ の ほとけ の くに も あれ に ける かも

一人来てめぐる御堂の壁の絵の仏の国も荒れにけるかも

【出典】南京新唱『鹿鳴集』

一人でやって来て、巡りながら観て行く壁に描かれた絵も剥落し、仏の国も荒れてしまったように見えるよ。

奈良の寺は創建当時の姿で我々の前に残っているわけではない。創建時には、堂塔も仏像も彩色され、鮮やかで華麗な姿*を示していたはずだ。長い年月のうちに彩色は落ち、経年の変化がある種の風格を示している姿に、我々はむしろ感動しているとも言えるだろう。中には荒廃が極めて進んだ姿を示すものもあり、荒廃の美しさという限度を越えてしまう場合もある。法隆寺の金堂の壁画はそうした例の最たる作品であった。

＊鮮やかで華麗な姿―八一には、古色蒼然を好む世相に対する反駁として、「あせ たる を ひと は よし とふ びんばくわ の ほとけ の くち は もゆ べき もの を」（色あせた様子を人はよしと言

八一は、時の経過した古寺の風情を好んだが、この歌では「ほとけのくにもあれにけるかも」と、その荒廃を危惧し、嘆いている。仏国土《ぶっこくど》が荒れるという表現には、痛切な痛みがある。この歌は四首の連作の最初だが、最後の歌は「*ほろび　ゆく　ちとせ　の　のち　の　この　てら　に　いづれ　の　ほとけ　あり　たたす　らむ」とこの寺自体の未来への不安で結んでいる。

ここで詠まれるのは金堂の外陣に当たる部分を飾っていた大小十二面の壁画である。天平時代までには描かれたものと推定されるが、*四浄土を中心に諸菩薩が配されたみごとな作品であったはずだ。早くからこの壁画の現状に危機が議論され、昭和十五年（一九四〇）から戦争を挟み模写が行われていたが、昭和二十四年事故により壁画は焼失した。『自註鹿鳴集』には、八一は早くから壁画を切り取り、安全な場所で保管すべきことを提唱していたが、それがなされなかった後悔を述べている。八一に焼失の歌はないが、『続渾斎《こんさい》随筆』にはいくつかの散文が収められている。

この歌の初句「ひとりきて」は八一が好んだ初句で、繰り返し歌われている。美術詠にとどまらない独特の魅力に、この孤独感があることは何度も述べてきた。仏国土が消えるイメージも、その孤独感とも絡んでいる。

うが、頻婆果《びんばか》（仏語）の真っ赤な実のように、仏の口は燃えるような赤をしていたのだ）という「南京余唱」の歌もある。しかし、後にもみるように、八一には荒廃の美への深い共感はある。

*ほろびゆく……―すべてが滅んで行く千年の後に、この寺にどの仏が健在なまま、立っていらっしゃるだろうか。

*四浄土―諸説あるが、釈迦浄土・阿弥陀浄土・弥勒浄土・薬師浄土か。

13
あめつち　に　われ　ひとり　ゐて　たつ　ごとき　この　さびしさ　を
きみ　は　ほほゑむ

【出典】南京新唱『鹿鳴集』

天地に我一人ゐて立つごときこの淋しさを君は微笑む

―この天地に自分がひとりだけいて、今ここに立っているような淋しさを、あなたは微笑みながら示していらっしゃる。―

前の歌でもみたような孤独感が極まったような一首である。「あめつちにわれひとりゐて」というような思いがどこから来たのか、作者の伝記を探りたくもなる。そうした感情を持つ八一が仏の前に立つ。そんな読みを誘う。『渾斎随筆《こんさいずいひつ》』の「自作小註」では、そのような読みを頭ごなしに否定はしないが、詠まれた対象に目を向けることを求める。そもそも「夢殿*の救世観音《ぐぜかんのん》に」という詞書の一首である。

*夢殿―法隆寺東院にある八角堂。

夢殿は、八角形の堂で、天平時代のものと考えられている。この堂を中心とした法隆寺東院は、斑鳩《いかるが》宮の跡地と推定され、聖徳太子の生活の跡地であった。その堂に立つ救世観音と呼ばれる観音像は、飛鳥時代の仏像であるが、やはり神秘的な笑みをたたえており、アルカイック・スマイル*と呼ばれることも多い。八一はギリシャ彫刻の美術史用語をそのまま用いることに抵抗を示し、むしろ東洋的な微笑であることを強調するが、その神秘感は格別である。奈良時代からすでに聖徳太子等身像との伝承もあり、この仏像は特別なものと意識されていた。さらに、長い間秘仏とされ、厳重に堂内に秘されていた。それを解かせたのが、明治期に来日したフェノロサ*だった。その感激的な秘仏開帳の様子はフェノロサ自身で書き残している。

八一はそうした事情を記し、この仏像の美的な様態と、その歴史、さらには聖徳太子の生涯が一体となった「救世観音」という対象について読者に考えることを求める。自註ではそのことだけを述べ、孤独感のあり方などには一言も触れない。つまりは「さびしさ」は、何よりこの仏像の微笑みの持つものであり、八一の持つそれが、仏像の前に立つことで一体化したところに、この歌だけの持つ抒情があり、魅力がある。

*アルカイック・スマイル―31ページ脚注参照。

*フェノロサ―明治期の日本の美術政策に貢献した米国人。東大で哲学などを講義する傍ら、岡倉天心の東京美術学校設立に協力。『東洋美術史綱』(*Epochs of Chinese and Japanese Art*, W.Heinemann, London, 1912) などの著作がある。(一八五三―一九〇八)

14

ほほゑみて　うつつごころ　に　あり　たたす　くだらぼとけ　に　しく　ものぞ　なき

【出典】南京新唱『鹿鳴集』

微笑みてうつつ心にあり立たす百済仏にしくものぞなき

微笑みをうかべ、夢うつつにあるように立っていらっしゃる、百済仏にまさるものはないのだ。

「奈良博物館にて」の詞書がかかる。ここで歌われる「くだらぼとけ」は、百済観音《くだらかんのん》と呼ばれる仏像で、現在は法隆寺に戻り、その名宝の一つとなっている。蘆《あし》の茎の形の支柱に支えられた光背を背にして、すらりと立つ姿は、思わず見惚《みほ》れる美しさを持っている。『渾斎随筆《こんさいずいひつ》』の「自作小註」でも、「この像の幽閑《ゆうかん》な顔面の表情と、静寂を極めた姿態の底に動く、大きなリズムの力に感じて、至高の芸術と讃歎したのである」と記す。

百済観音の百済は、朝鮮半島の古国だが、その地からもたらされた異国風の魅力を持つ像とされている。『自註鹿鳴集』他で、八一はそのことに疑を呈し、さらに文献上この像が法隆寺にもたらされたのは平安朝以後の事であろうと考え、そもそも百済観音の名が定着したのは明治中期以後であろうと推測している。この歌も名称固定に貢献したかもしれぬことも一言する。

初句の「ほほゑみて」は前歌と共通するが、そのことは八一も注していて、飛鳥仏としての共通性を見てよいのだろう。二句目の「うつつごころ」は、一般的な意味を越えた用法で、八一は「うつつとも夢ともなき心地」と『自註鹿鳴集』で注する。言うまでもないことだが、これは像を見ている八一の心とも共振する。『和歌文学大系』*では、結句の表現の典拠に、平安時代の大江千里の「照りもせず曇りもはてぬ春の夜のおぼろ月夜にしくものぞなき」（新古今集・春上）を引くが、名歌であり八一の念頭にもあったであろう。

この歌の前には、光背を支える蘆形の支柱を詠んだ「*くわんおん　の　せ　に　そふ　あし　の　ひともと　の　あさき　みどり　に　はる　たつ　らし　も」がある。支柱の薄緑に春の到来を重ねるのだが、この像全体の仏教美術最初期の作品だけが持つ瑞々《みずみず》しさを詠もうとしているのであろう。

*『和歌文学大系』――和泉久子校注『海やまのあひだ／鹿鳴集』（和歌文学大系・明治書院・二〇〇五年）

*くわんおんの……――観音の背に沿った、蘆の一本の支柱の浅い緑の色に、春の立つ兆しが感ぜられる。

15

くわんおん　の　しろき　ひたひ　に　やうらく　の　かげ　うごかして
かぜ　わたる　みゆ

【出典】　南京新唱『鹿鳴集』

観音の白きひたひに瓔珞の影動かして風わたる見ゆ

観音の白い額に垂れる飾りの影を動かすように、一陣の風が吹いて行く。

法隆寺のある斑鳩《いかるが》には、法隆寺五重塔をはじめ、法起寺[*]、法輪寺の三重塔が建ち、三塔のある風景をなしている。法起寺、法輪寺の二塔も飛鳥様式とされていたが、八一は学位論文でそのことに疑を呈しており、そこを起点として法隆寺の問題に切り込む構成となっている。八一の学問の上では重要な二寺ではあるが、法起寺の歌はなく法輪寺は二首のみである。

この歌は『鹿鳴集』では「奈良博物館にて」の詞書によるものだが、法輪

＊法起寺・法輪寺――奈良県生駒郡斑鳩町にある寺。奈良時代以前に創建された。法輪寺の塔は、昭和十九年（一九四四）落雷により焼失し、昭和五十年（一九七五）再建された。

寺講堂の藤原時代*の十一面観音*を詠んだものである。その頃の博物館は諸寺の名宝が集まる場であった。そのあたりの事情は、『渾斎随筆』中の「観音の瓔珞」の中で詳述されている。「瓔珞」は珠玉などを連ねて垂らした装飾であるが、ここでは観音の宝冠から垂らした飾りである。それが堂を吹き抜けて行く風によってかすかに揺れて、その揺れる様が観音の額に微《かす》かな影の揺らぎを見せるという、微妙な変化に目を向けた一首ということになろう。二十八歳の初旅の折の一首であり、歌人として微かな動きに着目する目はすでにできていたのであろう。後述するように、正岡子規*に感化され、俳句を始めることで、八一の文学活動は始まる、その中で養われた「写生」の力とも言えるであろう。

しかし、八一は必ずしも実物を前にした「写生」にはこだわらなかったように思える。詞書のように、博物館に陳列の作品であり、風が至ることはあり得ない。八一にとって問題なのは、仏像をながめているうちに、そのような印象に至ったということなのだろう。そこには八一が抱いていた心の問題の何かとの共鳴があるかもしれない。八一の歌が仏像の描写に終わらない魅力がそこにあることはすでに何度も述べた。

＊藤原時代―美術史では、平安時代後期を藤原時代とする（おおよそ十世紀から十二世紀、八九四年の遣唐使廃止以後が目安）。なお、院政開始（一〇八六年）以後を院政期として区分する場合もある。和風表現が特色である。

＊十一面観音―十一の面をもつ観音。日本では多くの作例がある。

＊正岡子規―17ページ脚注参照。

16 みほとけ の あご と ひぢ とに あまでら の あさ の ひかり の ともしきろ かも

み仏のあごと肘とに尼寺の朝の光のともしきろかも

【出典】南京新唱『鹿鳴集』

み仏のあごと肘とに尼寺の朝の光がかすかにさして、何とも好もしい雰囲気が感ぜられるものだ。

「*中宮寺にて」の詞書の一首である。中宮寺は法隆寺に隣接するが、かつては少し離れた場所にあった。*聖徳太子が、母の穴《あな》穂《ほ》部間人女王《べのはしひとのひめみこ》を追善して住居を寺としたものである。太子没後に妻の橘大郎女《たちばなのおおいらつめ》が作らせたという天国での太子の姿を刺繍した天寿国《てんじゅこく》 繍帳《しゅうちょう》を蔵する。その寺の弥《み》勒《ろく》菩《ぼ》薩《さつ》*半《はん》跏《か》思《し》惟像《いぞう》が詠まれている。

この像は如意輪観音として伝来していたが、名称をめぐって、八一も『自

*中宮寺―奈良県生駒郡斑鳩町にある聖徳宗の尼寺。
*聖徳太子―26ページ脚注参照。
*半跏思惟像―仏像彫刻で、左足を下げて座り、右足を左膝の上に乗せ、右手で頬づえをつき、思索する姿を

註鹿鳴集』で考証を加えている。半跏思惟像は、釈迦《しゃか》が若き日に樹下で思惟をめぐらす姿なので、悉多太子《しったたいし》半跏思惟像とすべきだという意見も述べている。この像は黒光りする様が尊ばれているが、尼僧達の払拭の故とされている。体躯《たいく》に残された穴から、金属による装飾が無くなり今のような状態となったと、八一は考証している。原初の像の作意ではないことを注意している。

半跏思惟像の場合、右手の肘を曲げて、指先をあごに当てる姿をしている。歌の上二句で捉えた姿はまさにそれである。「あまでら」であり、すべての雰囲気が柔和で、朝の光もやさしくかすかにさして来る様である。それに心引かれるものを感じさせる。それが「ともしきろかも」の結句である。八一は「かそけくなつかしきかな、といふほどの意」と自ら解している。「ともし」は古語としては心引かれる様だが、現代語の「乏し」のニュアンスも加味しているのであろう。「ろかも」は、『万葉集』はじめ上代に用いられた語であり、「藤原の大宮仕《おほみやつか》へ生《あ》れつくや娘子《をとめ》がともはともしきろかも」（万葉集・巻一・作者未詳）など、万葉調が実現される語尾である。

男性である八一にとって尼寺は特別な空間に認識されたと思われる。やはり近代古寺巡礼の古典である和辻哲郎*『古寺巡礼』*も同様である。

表わした像容。

*和辻哲郎―倫理学者・文化史家。東洋などの思想史・文化史研究の一方、倫理学の体系も構築。（一八八九―一九六〇）

*『古寺巡礼』―和辻哲郎による奈良古美術巡礼記。大正八年（一九一九）初版が岩波書店から刊行された。その後改版を経て、岩波文庫などにも収められている。

17　ふぢはら　の　おほき　きさき　を　うつしみ　に　あひみる　ごとく
あかき　くちびる

【出典】南京新唱『鹿鳴集』

藤原の大き后をうつし身にあひ見るごとく朱き唇

――藤原氏出身の光明皇后に、写しとられたまるで生きている
ような姿で、対面しているように思える、朱い唇よ。

「法華寺本尊十一面観音」の詞書の一首である。大和の尼寺としては、法《ほっ》*華寺《けじ》の存在は大きい。聖武天皇の后光明皇后《こうみょう》*が、父である藤原不比等《ふじわらのふひと》の死後、その邸を寺としたものである。総国分寺である東大寺に対して、総国分尼寺として法華滅罪寺とされた由緒を持つ。その寺に蔵される十一面観音像を詠んだ作品である。

この像は、皇后の在世中に、北インドから来た問答師という彫刻家が、国王から生き身の観音である后の姿を写し彫ることを命ぜられて作ったという

＊法華寺――奈良市法華寺町にある光明宗の尼寺。天平年間光明皇后が総国分尼寺として開く。

＊光明皇后――聖武天皇の后。社会事業を行い、天皇の東大寺建立を助け、仏教興隆に尽くした。（七〇一―七六〇）

伝説を持つ。天平期のものと信じられていたので、その伝説は、ある程度の信憑性《しんぴょう》をもって捉えられていた。八一も『自註鹿鳴集』で「これらの甘美なる伝説に陶酔して、若き日の作者が詠じたものなり」と告白している。したがって「うつしみ」は、皇后が生きているようにという意味だが、皇后の姿をそのまま写し取ったという伝説も加味されると読んでよいだろう。

この歌の焦点は、何と言っても結句の「あかきくちびる」である。女性の持つ官能性を象徴するような朱い唇には、エロだという評も与えられていることは八一自身も認めている。『渾斎随筆』の「歌材の仏像」では、そのことを認めながらも、それは、歌材としての仏像の時代様式的な特色であることを述べている。

榧《かや》材の一木で作られたこの像は、天平仏ではなく、平安時代初期の貞観《じょうがん》*仏であることが知られている。壇木で彩色をしない壇像の様式だが、ふっくらとした唇にはわずかな彩色の跡が残る。全体にわたって官能性を帯びた造型がなされている。その官能的な表現は、決してこの像のみではなく、密教を背景にした貞観仏や曼荼羅《まんだら》などの絵画も含めた時代様式であることを、八一は注意している。この像に対する八一の思いも単純ではない。

＊貞観時代―美術史では、平安時代前期（おおよそ九世紀、八九四年の遣唐使廃止以前が目安）を貞観時代とする。木彫の仏像はこの時代から出現する。

18　からふろ　の　ゆげ　たち　まよふ　ゆか　の　うへ　に　うみ　に　あきたる　あかき　くちびる

【出典】南京新唱『鹿鳴集』

空風呂の湯気立ちまよふ床の上に膿にあきたる朱き唇

蒸し風呂の湯気が立ちまよう床の上で、膿汁を吸うことに専念し果たしたかのような、朱い唇よ。

「法華寺温室懐古」の詞書の一首である。先の「あかきくちびる」の解説に不十分だと感じた方も居られるだろう。法華寺《ほっけじ》には光明皇后*をめぐるもう一つの伝説があり、それにしたがって再び唇が詠まれたのがこの歌である。二首の唇は一体であると言ってよいであろう。

「温室」は、法華寺に建てられたとされる蒸風呂である。皇后はそれを建てて、千人の病者の垢《あか》を自ら流し功徳を積むことを発願した。そして千人目

*光明皇后——42ページ参照。

に現れたのは全身から膿を出す病者で、その膿汁を唇で吸うことを求めたという。皇后がその求めに応じると、病者はたちまち阿閦如来《あしゆくによらい》*としての本性を現したとする伝説である。この歌はその伝説をそのまま歌ったものであり、伝説にまつわる官能的な経緯は、やはり「あかきくちびる」に極まっている。先の歌で記した八一の言う「甘美な伝説」には、このことも含まれている。いうまでもなく、この歌の唇は観音像の唇でもある。

八一は、そうした伝説について、文献に当たり確認を行っている。『自註鹿鳴集』でも筆を費やし、伝説が文献的には、中世以後にしか確かめ得ないことを認識している。さらに、前歌でも述べたように、仏像自体が光明皇后の生きた時代のものではなく、貞観仏であることも認識している。学者としての目を自覚しながらも、そうした伝説が心にしみいるものであることを、『渾斎随筆』の「衣掛柳」の中で告白し、「やはり、ひそかに信じてゐるのであらう」と結んでいる。

この像については、和辻哲郎*『古寺巡礼』*でも、ほぼ同様に、伝説と学的知見の隔たりにもがきながら、何とか伝説を信じる手立てを思考している。何れも、この仏像の唇の力が喚起する詩的想像力の大きさなのだと言えよう。

＊阿閦如来—大日如来の説法を聞いて発願、修行ののち成仏し東方の善快という浄土で説法しているという仏。

＊和辻哲郎—41ページ参照。
＊『古寺巡礼』—41ページ参照。

19

なまめきて ひざ に たてたる しろたへ の ほとけ の ひぢ は うつつ とも なし

【出典】南京新唱『鹿鳴集』

なまめきて膝に立てたる白たへの仏の肘はうつつともなし

なまめかしく膝に立てた真白な仏の肘は、現世のものとも思われない。

「*観心寺の本尊如意輪観音を拝して」という詞書の一首である。貞観仏の官能的な姿ということで、大和から山を越えて、河内国へ越境する。観心寺は、現在の河内長野市で、大和からは葛城山・金剛山を越えた向こう側である。文武天皇時代に*役《えんの》小角《おづの》により開かれ、平安時代に空海により再興された古刹である。その寺に秘仏として蔵されている如意輪観音は、貞観時代の密教的官能性が表現された仏像の代表の一つであり、彩色もよく残されている。

*観心寺―大阪府河内長野市の真言宗の寺。八二七年実恵・真紹が寺塔を建立。

*役小角―奈良時代の山岳修行者で多くの伝説を生む。修験道の開祖と仰がれる。

右の膝を立てて座る座像で、全身が豊満でやわらかい印象がある。特に六本ある手が自在な動きで表現されていて、不思議な官能性を表している。八一もその印象を「なまめきて」という直接的な言葉で先《ま》ず表現している。そして、その印象は、立てられた膝に接するようにして折り曲げられた肘に集中する。肘には白い彩色の跡が残されている。そして、その先で手のひらで頬を支えている。

法華寺*の観音像のような伝説はこの像にはない。仏像の様式としては、同様なものであり、貞観仏の持つ官能性ということでは共通する。おそらく歌に表されたエロチズムとしても共通するであろう。このあたりの、仏像という造型から印象を練り上げて行く八一の短歌のあり方は、彼ならではであり、それが、こうした作品の魅力となるのであろう。

『自註鹿鳴集』には、八一は興味深い注を残している。与謝蕪村*の「うつつなき摘《つま》みごころの胡蝶かな」を引き「「うつつなき」の語義これと稍《やや》近し」という。蝶《ちょう》がうっとりとするように花の蜜を吸うエロチックとも言える表現を、自らの仏像から受けた感情に重ねている。

＊法華寺―42〜45ページ参照。

＊与謝蕪村―江戸中期の俳人・画家。摂津の人。画家としては池大雅と並び文人画を大成。俳諧は写生的、浪漫的俳風で知られる。（一七一六―一七八三）

20

あきしの の みてら を いでて かへりみる いこま が たけ に
ひ は おちむ と す

【出典】南京新唱『鹿鳴集』

秋篠の御寺を出でてかへり見る生駒が岳に陽は落ちんとす

秋篠の由緒ある寺を出てふり返ると、生駒の山に日は落ちようとしている。

大和へ戻ろう。「いこまがだけ」は、やはり河内との国境である生駒山である。この歌では奈良から西方にあるこの山に日が落ちる様をながめている。*「秋篠寺にて」の詞書の一首である。秋篠寺は伎芸天《ぎげいてん》像で知られており、歌人*川田順《じゅん》の讃歌《さんか》をはじめ、堀辰雄も*『大和路』の中で、「このミュウズの像はなんだか僕たちのもののやうな気がせられて、わけてもお慕はしい」と述べている。今に至るまで讃美《さんび》者の多い像だが、八一がこの歌を詠んだ当時は、

*秋篠寺―奈良市秋篠町にある寺。もと、法相宗で、奈良時代の光仁天皇勅願による創建と伝える。

*川田順の讃歌―川田順（一八八二―一九六六）の最初の歌

像は博物館に寄託中であり、夕陽《ゆうひ》を浴びながら、この像の印象を反芻《はんすう》していたというのではない。

そもそもこの歌は三首からなる歌群の一首で、最初の歌は「たかむら*に　さし　いる　かげ　も　うらさびし　ほとけ　いまさぬ　あきしの　の　さと」であり、仏像もなく荒れた古寺であった。現在でこそ小さな寺で、それが魅力になっているが、創建は宝亀十一年（七八〇）以前と思われ、七堂伽藍*の整った大寺であった。この歌の「みてら」は、そうしたかつて大寺であったことを回顧する言葉であり、現在との落差が感慨として込められている。このような荒廃した大寺の姿も大和路の魅力であることは言うまでもない。

秋篠の里から生駒山がながめられた。『自註鹿鳴集』では「高き山にはあらねど姿よろし」と注する。さらに『新古今和歌集』冬歌に載せられた「秋篠や外山《とやま》の里やしぐるらん生駒の岳に雲のかかれる」という西行の歌を引き、「よく実際の景致を捉へたり」と注する。八一も実際に生駒山とそこに沈む夕陽を目にしたのだろうが、西行の歌が念頭にあることは当然で、自ずと表現の連鎖がなされている。堀辰雄も「秋篠の村はづれからは、生駒山が丁度いい工合に眺められた」と記すが、八一の歌も念頭にあろう。

集は大正七年（一九一八）刊行の『伎芸天』であり、その中に「寧楽へいざ伎芸天女のおん目見《まみ》にながめあこがれ生き死なんかも」が入る。寺の歌碑には、晩年の「諸々のみ仏の中の伎芸天何のえにしぞわれを見たまふ」が刻まれる。

*『大和路』――23ページ脚注参照。

*たかむらに……竹の林にさし入る陽の光も何となく淋しい。仏もいらっしゃらない秋篠の里よ。

*七堂伽藍――寺の主要な七つの建物。塔・金堂・講堂・鐘楼・経蔵・僧房・食堂をいうが、時代・宗派により異なりはある。

21 しぐれ の あめ いたく な ふり そ こんだう の はしら の
まそほ かべ に ながれ む

時雨の雨いたくな降りそ金堂の柱の真赭壁に流れむ

【出典】南京新唱『鹿鳴集』

――時雨の雨よ、ひどく降らないでおくれ。金堂の柱にわずかに残った朱が、壁に流れてしまうだろう。――

大和の古寺で廃墟《はいきょ》の姿を見せていた最たるものが、法華寺に隣接した海龍王寺《*かいりゅうおうじ》であった。天平三年（七三一）光明皇后発願により整備された由緒ある寺で、天平時代の西金堂を残しながらも、昭和四十年（一九六五）までは、ほとんど手を加えていないが如く、荒れ果てた姿を示していた。その姿に心を傷めながらも、秘《ひそ》かにその廃墟美が愛されていた。八一の歌もそのような思いで詠まれたものと考えてよいだろう。古都には長い時間の中で荒れ果ててしまっ

＊海龍王寺―奈良市法華寺町にある真言律宗の寺。藤原不比等の邸の北東隅にあった寺が起源で、隅寺と呼ばれた。

た風景を期待するのは正直な所だ。

初句の「しぐれのあめ」は目につく言葉だが、『自註鹿鳴集』では、万葉語であり、『万葉集』巻八に収められた光明皇后主催の仏事で仏前で唱和された「時雨のあめ間《ま》なくな降りそ紅に匂へる山の散らまく惜しも」を愛唱し、皇后に縁のある寺で「おのづから、その余韻を帯び来りて、恰《あたか》もこれに唱和せるが如きを覚ゆ」と注する。ただし「されど歌材は、あくまでも、眼前の実情なり」と断る。古歌が先にあったのではなく、目にしている天平時代の廃墟がその時代の古歌の記憶を呼び起こさせたのである。

「まそほ」は真赭《まそほ》であり、赭《あか》色の塗料で、『万葉集』にも巻十六、大神奥守《おほみわおきもり》の「仏造るまそほ足らずば水たまる池田の朝臣《あそ》が鼻の上を掘れ」などにあることを注する。また、「いたくなふりそ」は実朝《さねとも》の*『金槐和歌集』に二例あることを注するが、「作者の態度は、著者とは互に同じからず」と記す。古歌との関係が、一首全体が想起されたもの、言葉を借用したもの、表現が一致しただけと、作者自身により解説されているのは興味深い。一首の焦点となる、柱にかすかに残った朱が雨で壁に流れてしまうという危惧は、作者独自の発想とみてよいであろう。

＊『金槐和歌集』に二例—「我が宿の梅の花咲けり春雨はいたくな降りそ散らまくも惜し」「春雨はいたくな降りそ旅人の道行き衣ぬれもこそすれ」。

22

おほてら の まろき はしら の つきかげ を つち に ふみ つつ もの を こそ おもへ

大寺の円き柱の月影を土に踏みつつ物をこそ思へ

【出典】南京新唱『鹿鳴集』

――大寺の円い柱の、月光によりできた影を土の上に踏みながら、物思いをしていることだ。――

「唐招提寺《とうしょうだいじ》*にて」の詞書の一首。唐招提寺は唐から来日した高僧鑑真のために建てられた寺であり、創建時の堂や仏像を多く残している。ここで歌われた金堂も天平時代のおおらかで堂々とした建築であり、正面の基壇の上に八本の巨大な円柱が並んでいて、忘れられない印象を見る者に与える。「おほてらのまろきはしら」がそれである。

月光が柱を照らし、影を地上に印している。八一は『自註鹿鳴集』で「つ

＊唐招提寺――奈良市五条町にある律宗の総本山。来朝した唐僧鑑真和上が新田部親王の旧宅を譲り受けて創建。

きかげ」は月光の意で用いられることが多いが、ここでは月光で生じる影であることを注している。その影のできた土を踏みながら「ものをこそおもへ」と、物思いをするのは、自画像としてよいであろう。その物思いに人生の様々な思いが投影されて独特の抒情が生じるのだが、八一の場合、先ずは古代への想いがあり、古寺の歴史への想いであるのは、何度も見てきた通りである。美術史家故ではあるが、古都という空間が、そこに身を置いた者にそうした物思いの時間に身を委ねることを誘うというのが、正しかろう。

正面の円柱は、ギリシャ神殿を連想させ、円柱の中央部の丸みを太くするエンタシス*の存在も共通する。学術的には両者の関係は偶然だとする八一だが、『渾斎随筆』の「唐招提寺の円柱」では、ギリシャ美術への憧憬、その神殿の円柱への憧憬から、この寺の円柱を見ていたことを告白する。さらにこの初二句は、同じ夜に先に訪ねていた法隆寺で発想され口ずさんでいたものだという。それが後に訪れた唐招提寺で一首に詠み据えられたとする。その両者を結びつけるのもギリシャ憧憬だと述べている。堀辰雄*は『大和路』で、「此処こそは私達のギリシアだ」と述べるが、西洋が遠かった時代の人々の感性には、こうした憧憬は不思議ではなく、その意味も小さくない。

*エンタシス—円柱につけられた微妙なふくらみ。

*堀辰雄—23ページ脚注参照。

23

とこしへ に ねむりて おはせ おほてら の いま の すがた に
うちなかむ よ は

【出典】南京新唱『鹿鳴集』

とこしへに眠りておはせ大寺の今の姿にうち泣かむよは

永遠にお眠りのままでいらして下さい。この大寺の今の姿に涙するよりは。

「開山堂なる*鑑真《がんじん》の像に」との詞書の一首。唐招提寺は鑑真の寺であり、寺中の開山堂にはその肖像が刻まれた像が安置されている。*脱乾漆《だつかんしつ》（八一は「紙塑」という）で造られた鑑真和上像は天平彫刻の傑作の一つとされ、その写実性に特色がある。衣の彩色もよく残り、まるで生きた鑑真に対するような印象を与える。それは中国の高僧中の高僧の彼が、何度もの船の難破を重ね盲目になりながらも、強い意志で日本にやって来たという伝記を背後にした印

＊鑑真―奈良時代に渡来した唐の僧。日本の律宗の開祖。五回の渡航の失敗と失明にもかかわらず七五三年来日。東大寺大仏殿前に戒壇を設け、聖武上皇以下に授戒を行う。（六八八―七六三）

＊脱乾漆像― 芯材の上に麻布を漆で固めて重ねて行く

象であり、それをすべて受けとめるような深みのある写実である。

八一は『自註鹿鳴集』で、「*遷化《せんげ》直前の*風丰《ふうぼう》にして、かくの如《ごと》く*結跏趺坐《けっかふざ》して、*定印《じょういん》を結びたるまま逝けりといふ」と注する。さらに*芭蕉の「若葉しておん目の雫ぬぐはばや」の一句にも触れる。芭蕉の句は、この像を文学史の上にも刻印させた重い作品である。八一も同様にこの像の第一の印象である目に注目する。八一はこの像は「趺坐して瞑目せるさまに造れり」とも注するが、すでに光を感じることのない目こそが、鑑真が強い意志で克服してきた苦難の象徴である。

芭蕉の句の「涙」は、そうした苦難の涙であるが、八一の歌う「うちなかむ」は、「いまのすがた」である。現在でこそ、寺域はしっかりと整備されているが、八一が訪ねた頃はそうではなかった。千年という時代の経過故だとすれば、それは荒廃美ということになるのだろうが、この寺をはじめとする奈良の寺の場合、明治維新における*廃仏毀釈運動による破壊の影響が大きい。以後、奈良をギリシャに、京都をローマにという、明治政府らしい復興運動に変わるが、その後遺症が癒えるには、もっと時間が必要であった。

歌末の「よは」は「よりは」の古語と自注するが、上代の語法である。

乾漆像のうち、木芯を残した木芯乾漆像に対して、主として土で造られた芯を取り除き、中を空洞としたもの（補強材などが入ることもある）。

*遷化―高僧などが死ぬこと。

*風丰―すがたかたち。

*結跏趺坐―両足を組み、両腿の上に乗せる座法。

*定印―両手の手のひらを上にして重ね、両方の親指の先を合わせた手の形。

*芭蕉―松尾芭蕉。伊賀上野の人。江戸を拠点に、各地への旅を通じて、俳諧を文芸的に高めた。（一六四四―一六九四）

*廃仏毀釈運動―仏法を廃し、釈迦の教えを棄却する運動。明治初期、政府の神道国教化政策によってひきおこされた。

24

すゐえん の あまつ をとめ が ころもで の ひま にも すめる あき の そら かな

【出典】南京新唱『鹿鳴集』

水煙の天つ乙女が衣手のひまにも澄める秋の空かな

――塔の上の水煙で楽を奏でる、天女の袖の隙間にも澄み渡っている、秋の空であるよ。――

唐招提寺のあたりは西の京と呼ばれ、薬師寺*も立地する。この歌は「薬師寺東塔」と題する三首の二首目である。現在、薬師寺は東西両塔を有するが、西塔の再建は昭和五十六年（一九八一）の事で、八一の時代には東塔のみが残されていた。東塔は天平二年（七三〇）建立と思われる。三重塔であるが、各階に裳階《もこし》と呼ばれるやや小ぶりの飾り屋根が作られ、一見六重塔に見える。この塔をフェノロサが「凍れる音楽」と評したと伝える。

＊薬師寺―奈良市西ノ京町にある寺。法相宗の大本山。七世紀末に天武天皇の発願により藤原京に建立され、七一八年平城遷都により現在地に移る。

「音楽」の比喩は、塔全体のリズミカルな美しさによるものだが、八一の歌う水煙の造型も関与していよう。水煙は塔の先端に付けられた銅板であり、「水」に因《ちな》んで火事避けの意図を持つ。この塔の水煙は、雲中に数名の飛天*が楽を奏でる様が透かし彫りされており、美しい意匠の逸品である。『自註鹿鳴集』では、楽を奏でる仏として専ら男性である菩薩*と混同されることを注意し、この寺のものはあくまで飛天という天であり、菩薩より下位だが、女性もあり得るとして、「をとめ」と詠む由縁を語っている。

東塔は約三十四メートルの高さを持ち、頂部にある水煙の意匠は肉眼はおろか双眼鏡などでも捉えることは難しい。しかし、拓本や写真などで、その造型に触れることができる。八一の歌の「ころもで」は袖の歌語であるが、透かし彫りされた飛天の袖の透き間から見える青空などは見えるものではない。その造型の知見に基づいて空想された風景である。

しかし、歌全体の印象は、秋の澄み切った空の下に立つ東塔の姿をまざまざと思い浮かばせるような現実感を持った写生である。水煙の間の青空も想像の世界とは思えない現実味がある。八一の奈良の美術への知識と、それを囲む風景への感性が、確実な表現を生み出す故だからである。

*飛天—天空を飛行し、仏を讃える天人・天女のこと。

*菩薩—最高の悟りを求め、仏になろうと発心して修行に励む者。

25

くさ に ねて あふげば のきの あをぞら に すずめ かつ とぶ やくしじ の たふ

【出典】南京新唱『鹿鳴集』

草に寝てあふげば軒の青空に雀かつ飛ぶ薬師寺の塔

草の上に寝て仰ぎ見れば、軒の向こうの青空を雀が飛んで行く、薬師寺の塔よ。

やはり「薬師寺東塔」の詞書の最初の歌である。薬師寺には時代様式の把握をめぐって美術史家の議論が絶えない薬師三尊《さんぞん》*像や、聖観音《しょうかんのん》*像という仏像の傑作もあるが、八一の歌は塔に集中している*。この塔の魅力は大きい。

何といっても、この歌で目立つのは、「かつとぶ」という表現である。現代の目から見れば「かつ」の「つ」は促音で「かっ飛ばす」などとの連想から、雀の躍動感を感じさせる表現と読みたくなる。吉野秀雄*『鹿鳴集歌解』もそ

*薬師三尊―薬師如来と、脇侍の日光菩薩と月光菩薩、三尊の総称。

*聖観音―多くの顔や手を持たない一面二臂の姿の観音。多くは独尊で表現される。

*塔に集中している―聖観音

のようなニュアンスを読み、「一種の気合のやうな語」とする。しかし、『自註鹿鳴集』では副詞「かつ」だとして、「そばより」「かたはしより」の意だと説明する。ただし、「その場の実感より偶然かく詠み出でたるもの」とも注し、雀の速さが際立つ動きの様とも無関係ではないであろう。

塔と雀との取り合わせは、天平時代という遥か昔の芸術が、大和の何でもない現代の自然の中に確かに建っていることを印象付けよう。言うまでもないことだが、雀はどこにでも居る、誰もが知る鳥である。遍在する何でもない日本の自然を象徴するような存在である。八一にとっては、同郷の先人として敬愛の念を持ち研究した小林一茶*の「雀の子そこのけそこのけお馬が通る」「我と来て遊べや親のない雀」などの句に詠まれた「雀」も念頭にあったと想像される。遍在する鳥の中でも特に小ささの目立つ存在かもしれない。それが華麗な塔の姿と調和するのが大和路であった。

大和の自然は、一方では、その華麗な古代の芸術をさらに彩ることもある。夕陽はそれを浴びた存在を燃え上がらせるかのように彩ることがある。「薬師寺東塔」三首目の歌はそのような作品「あらし*　ふく　ふるき　みやこ　の　なかぞら　の　いりひ　の　くも　に　もゆる　たふ　かな」である。

の歌は、『山光集』所収の、昭和十八年の「西の京」には見られる。他に仏足跡の歌はある。

＊吉野秀雄――13ページ脚注参照。

＊小林一茶――江戸後期の俳人。信濃国柏原の人。生活感情の平明な表現に特色を示した。（一七六三―一八二七）

＊あらしふく…――嵐の吹く古い都の空に浮かんだ雲の透き間から、夕陽がさして、燃えるように彩られた塔であることよ。

26

たびびと の め に いたき まで みどり なる ついぢ の ひま の なばたけ の いろ

旅人の目にいたきまで緑なる築地のひまの菜畑の色

【出典】南京新唱『鹿鳴集』

旅人の目にいたいほどに、鮮やかな緑をしている、築地の崩れた間から見える菜畑の色よ。

「高畑《たかばたけ》にて」の詞書による一首である。高畑は、奈良市の東部の地名で、古寺巡礼では、市中から新薬師寺*へと向かう道筋である。このあたりは春日大社*に仕える神官達の住む社家街であったので、古い土塀が残されている。「ついぢ」がそれで、「築地*」と書かれ、日本の古典にもその崩れた様が描かれ、様々な連想を誘う旨を、八一も『自註鹿鳴集』に記している。

古寺巡礼者達の目からは、廃都となった姿をよく示す風景として捉えられ

＊新薬師寺―奈良市高畑町にある華厳宗の寺。七四七年光明皇后が聖武天皇の病気平癒を祈願して建立。

＊春日大社―奈良市春日野町にある神社。奈良時代の創建で、武甕槌命・経津主命・

る。和辻哲郎の『古寺巡礼』*も新薬師寺が皮切りであり、この高畑を人力車で行きながら、「道がだんだん郊外の淋しい所へはいつて行くと、石の多いでこぼこ道の左右に、破れかかつた築泥《ついぢ》が続いてゐる。その上から盛んな若葉がのぞいてゐるのなどを見ると、一層廃都らしいこころもちがする」と廃都らしい風情に心を躍らせている。

和辻も荒れた築地と若葉を対照させたが、八一の歌でも「なばたけのいろ」を対照させている。「菜」は*油菜《あぶらな》だと思われ、黄色い花の鮮やかなコントラストを想像させるが、「みどりなる」と歌われていて、その想像は誤りである。油菜の青々とした葉が、崩れた築地との対照をなしているのである。そうした生き生きとした情景が、築地の崩れから目に入るのである。「めにいたきまで」は、鮮やかさへの感動であるが、それに対照される廃都のさびれた風情への、悲しみにも近い感傷があることは言うまでもない。歌の中では油菜に焦点は行くが、主題となるのは廃都らしさにあるのだと言えよう。

なお、志賀直哉*が、昭和四年（一九二九）から十三年まで、この高畑に居住し、文化人のサロン*を形成し、旧居は現在も残る。八一とは、東大寺観音院の上《かみ》司《つかさ》海雲《かいうん》を通して接点があることは先にも記した。

天児屋根命・比売神を祭神にまつる。藤原氏の氏社として栄える。春日神社。

*築地―土塀で、上に屋根を葺いたものも多い。

*『古寺巡礼』―41ページ脚注参照。

*油菜―花は「菜の花」と呼ばれる十字状花。

*志賀直哉―白樺派の小説家。「小説の神様」と称せられる。直哉と八一の関係については、宮川寅雄『秋艸道人随聞』（中公文庫・一九八二年）に、大佛次郎との関わりもめぐって、微妙な関係を描いた、「志賀直哉との疎隔」という文章が収められている。（一八八三―一九七一）

*文化人のサロン―25ページ参照。

27 たびびと に ひらく みだう の しとみ より めきら が たち
に あさひ さしたり

【出典】南京新唱『鹿鳴集』

旅人に開く御堂の蔀より迷企羅が太刀に朝日さしたり

旅人のために開く御堂の蔀戸の間から、堂内の迷企羅像の持つ太刀に朝日がさしている。

「新薬師寺の金堂にて」の詞書の一首である。新薬師寺は高畑の奥に立地することは前歌の通りだが、天平時代の金堂（元は修法のための一堂）が残る。その中に収まる本尊薬師如来像は貞観時代の木彫の秀作で、周りを天平時代の*十二神将《しんしょう》が囲んでいる。十二神将は*塑像で、かすかに彩色の跡を残す。その中でも特に迷企羅《めきら》像は、抜き身の太刀を持ち、強い憤怒《ふんぬ》の形相を示している。その形相は、写真家*小川晴暘《おがわせいよう》により写真にされ、旧五百円切手の図柄と

*十二神将―薬師如来につき従い、薬師経を読誦する人を守護する十二の夜叉大将。

*塑像―21ページ脚注参照。

もなっている。小川は八一と親しく、八一の指導のもとに仏像写真を撮り、写真工房飛鳥園*を創業し、『東洋美術』という研究誌も創刊する。

本堂には格子に板を張った蔀戸《しとみど》があるが、当時は拝観者が来るたびにそれを開けていたらしい。そこから朝日がさし入り、堂内の仏像が姿を現して来る。この歌では、迷企羅が持つ太刀に焦点が絞られる。木製の太刀が、あたかも真剣であるかのように、朝日を照らし返しているように見える、その感動的な瞬間を捉えた一首である。

「めきら」という仏の名の梵語《ぼんご》が一首の中で際立つが、吉野秀雄*は、「キラキラ・キラメクなどに通ずる陽性のものであり」と注する。現在は、この像は「伐折羅《バザラ》」と呼ばれているが、確かにここを「ばざら」と置き換えると、一首の印象は異なるものとなる。『自註鹿鳴集』では、その像名について丁寧な解説をしている。即《すなわ》ち、仏像の造型の根拠は「儀軌《ぎき》*」と呼ばれる書物であること。「儀軌」にも様々な種類があり、それぞれが一致したものでないこと。この像名の変更は、住職の勉強の結果『恵什鈔《けいじゅうしょう》』という書物によることが確かめられた故であることが詳述されている。無論、八一に歌の尊名を書き換える意図はない。

*小川晴暘―奈良を中心に各地の仏像を撮り、文化財写真の草分けとして知られる。（一八九四―一九六〇）

*飛鳥園―八一と小川との交流を描いた小説に島村利正『奈良飛鳥園』（新潮社・一九八〇年）がある。

*吉野秀雄―13ページ脚注参照。

*儀軌―古代インドの諸神礼拝の規定、儀式の執行規定を称したが、仏教美術では、諸尊の尊容の記述や図絵が、仏像表現の根拠とされる。

28
ちかづきて　あふぎ　みれども　みほとけ　の　みそなはす　とも　あら
ぬ　さびしさ

【出典】南京新唱『鹿鳴集』

近づきて仰ぎ見れども御仏の見そなはすともあらぬ淋しさ

近づいて仰ぎ見ても、御仏は私を御覧にはならないのは、何とも淋しい。

「さびしさ」は八一の奈良の歌の一つのモチーフである。すでに夢殿《ゆめどの》の救《ぐ》世《ぜ》観音で「このさびしさ」について触れたが、八一は、「さびしさ」の所以《ゆえん》を、先ずは対象となる仏像の造型に求めるべきことを述べている。そうした上で、仏像の姿と自身の感情とが一体化する所に八一の歌の抒情があることを、私は述べた。この歌についても同じことが言えると思う。

詞書は「香薬師《こうやくし》を拝して」。新薬師寺には薬師堂に香薬師と呼ばれる白鳳《はくほう》

＊夢殿の救世観音―34・35ページ参照。

時代《じだい》の仏像が安置されていた。昭和十八年（一九四三）に盗難*に遭い、現在は所在不明で、写真で見る以外に途はない（本堂には模刻が置かれている）。白鳳仏らしいやや童顔を思わせる面貌に、どこか遠くを見るような目が印象的である。同じ詞書で前に置かれた「みほとけ* の うつらまなこ に いにしへ の やまとくにばら かすみて ある らし」と一体として読むべき歌であろう。「うつらまなこ」は造語である旨を『自註鹿鳴集』で注するが、「何所を見るともなく、何を思ふともなく、うつら、うつらとしたる目つき」と詳述している。そのような目が、先ずは詠まれているのである。

『渾斎随筆』の「歌材の仏像」*はすでに触れたが、そこでこの歌に言及し、最近（昭和十七年）は「香薬師の眼つき」というだけでうなずく人が多くなった旨も記している。そのような目つきが自ずと生むのが「さびしさ」なのだが、その目は「いにしへ」の大和国原をぼんやりと見つめるような目なのだ。奈良にいる八一の思いも、先ずは古代を想う思いに支配されるのだから、香薬師の目に映ずるものと八一の思いは重なるはずだ。しかし、時間の隔てはどうすることもできず、実はしっかりとは重ならない、というもどかしさもあるかもしれない。

*盗難——八一には、盗難直後の昭和十八年三月の、「香薬師」（『山光集』に収）という連作がある。

*みほとけの……——御仏のうつらうつらとした目に、昔の大和国原の姿は、霞んで見えているのだろう。

*「歌材の仏像」——43ページ参照。

29

あきはぎ　は　そで　には　すらじ　ふるさと　に　ゆきて　しめさむ
いも　も　あら　なく　に

【出典】南京新唱『鹿鳴集』

秋萩は袖には摺らじ故郷に行きて示さむ妹もあらなくに

秋萩に袖を摺りつけることはすまい。故郷に行って示す恋人もいないのだから。

「高円山《たかまどやま》をのぞみて」*の詞書の一首である。高円山は春日山の連なりで、新薬師寺の東方に当たり、寺のあたりから畑越しにほど近い。この山には聖武天皇の離宮が置かれて、聖武没後に、在りし日を回想させる地ともなっていた。八一もそうした事情を『自註鹿鳴集』に記しながら、彼の歌ではめずらしく、歴史的な事情はほとんど後退し、八一の生活の事情が前景化する。八一は二首の『万葉集』の歌を自注する。「宮人の袖つけ衣秋萩に匂ひよ

*高円山―奈良市の春日山の南に連なる山。標高四三二メートル。

ろしき高円の宮」（巻二十・大伴家持）、「＊わが衣摺れるにはあらず高円の野べ行きぬれば萩の摺れるぞ」（巻十・作者未詳）。花で衣を摺るのは、「摺り衣」など植物の花葉をそのまま摺り付ける染色の意ともなることを注するが、ここでは、引用歌の通り、秋の野に分け入って行く風流である。袖に摺るのは、摺り衣になってしまう程に花が咲き乱れている様であり、それに染まったかのような袖を恋人に示すのは、秋の野を踏み分けて会いに来た証拠、あるいは、野に遊んだ風流を共有することに他ならない。八一の歌では「すらじ」「あらなくに」の二つの打ち消しで、風流の行為も恋人の存在も否定する。重きが後者にあることは言うまでもなく、その跡を示す恋人がいないから、そうした風流はしないのである。

　恋人の不在が前景化して、歌の分類からすれば、恋歌ということになる。八一は生涯独身を通し、旧制の中学校での教師時代も長く、後には早稲田大学の教授となり、男性の生徒や学生達に囲まれて生涯を送った人物である。おそらく若い日には恋の経験はあったかと思われる。早稲田中学に赴任した三十歳の頃、女流画家との恋愛があったことが、弟子達の回想に見られるが、淡いものと回想されている。

＊わが衣……―現在の訓み方（岩波文庫）では、「我《あ》が衣摺れるにはあらず高松の野辺行きしかば萩の摺れるぞ」。

30　みかぐら　の　まひ　の　いとま　を　たち　いでて　もみぢ　に　あそぶ　わかみや　の　こら

【出典】南京余唱『鹿鳴集』

御神楽の舞ひのいとまを立ち出でて紅葉に遊ぶ若宮の子ら

神楽の舞を奉納する合間に庭に出て、紅葉と遊ぶ春日若宮社の巫女《みこ》達よ。

「春日神社にて」の詞書の一首である。春日大社*は、今でも深い森の中に、白と丹《に》の鮮やかな神殿で、存在感を示している。神官が住む社家街である高畑とは、ささやきの小径《こみち》と今は呼ばれる、下《しも》の禰宜道《ねぎみち》で結ばれている。八一は『自註鹿鳴集』で、常陸国《ひたち》鹿島の武甕槌命《たけみかづちのみこと》を祭ることから始まり、さらに藤原氏の祖である天児屋根命《あめのこやねのみこと》を祭り、藤原氏の氏神となり、現在の社の姿は平安時代のものと考えられる旨を説明する。

*春日大社―60ページ脚注参照。

八一は、そうした歴史を詳述するが、詠まれているのは、そこに仕える巫女達である。「わかみやのこら」がそれで、神楽を舞うことを職掌《しょくしょう》とする若い女性達である。「老杉の下、白衣紅裳《こうしょう》相映じて甚だ美し」と自注し、そこで歌われる神楽歌*の歌詞も引いている。鈴を振る舞は美しくも神々しく、この社の歴史も体現するかのような厳《おごそ》かさもあると言えよう。

ここで詠まれるのは、舞そのものではなく、その暇《いとま》の彼女たちの姿である。「もみぢにあそぶ」は、境内に何本も見られる紅葉した木の下に集まるようにして賞でている姿であろうが、あるいは、彼女たちは、落葉を手にしようとして追うような、あどけなさも残る若い女性の素の姿も見せてはいまいかと想像させよう。そうした姿を捉えることに、八一の感性は、ほとんど集中している一首である。「南京余唱」は、大正十四年（一九二五）の年記があるが、八一は四十四歳であった。

なお、「わかみや」は春日大社の境内にある摂社の一つであり、平安時代に神出した天押雲根命《あめのおしくもねのみこと》が祀《まつ》られ、現在も行われる春日若宮おん祭の祭神である。この「わかか」が巫女の若さと共鳴することは言うまでもない。

*神楽歌――古代の宮廷歌謡の一。神をまつるために奏する歌舞、神楽の折に歌われるもの。

31

はる きぬ と いまか もろびと ゆき かへり ほとけ の には
に はな さく らし も

春来ぬと今か諸人行き帰り仏の庭に花咲くらしも

【出典】南京新唱『鹿鳴集』

春がやって来たと、今は人々が行き交い、寺の境内には桜の花が咲き誇っているのだろうか。

「興福寺*をおもふ」の詞書の一首である。興福寺は、藤原不比等以来の寺で、藤原氏の氏寺であり、春日社と一体になっていた時代もある。この寺は、近鉄やJRの駅からすれば、奈良の入口に位置し、猿沢池*と五重塔の取り合わせは、奈良を先ずは象徴する風景であろう。『自註鹿鳴集』では、塔は室町時代のものであることを注意する。平家による南都焼討ちでほぼ全焼したこの寺なので、寺には、鎌倉時代の北円堂、三重塔以外の古い建物は残らないこ

＊興福寺―奈良市登大路町にある法相宗の大本山。藤原鎌足の病平癒を願い夫人鏡女王が創建した山階寺に始まる。平城京遷都時に現在地に移転。興福寺と改称。藤原氏の氏寺として寺勢をふるった。

＊猿沢池―奈良公園内、興福

とを特に記す。天平や鎌倉時代の仏像の傑作は幾体も残されているが、八一はそれを詠んでいない。

八一がこの寺を詠むのはこの一首のみだが、詞書の「おもふ」は、東京から興福寺の桜の盛りを想像したもので、八一はこの寺の桜の花を見たことがない旨を『渾斎随筆』の「自作小註」で述べている。歌中の「か」や「らしも」の推し量る言葉は、そうした事情を示している。ここで八一が想像する「もろびと」は、今の時代の花見客の姿である。

一方、『自註鹿鳴集』では、『百人一首』でも知られる*伊勢大輔《いせのたいふ》の「いにしへの奈良の都の八重桜けふ九重ににほひぬるかな」（詞花集・春）を引き、京都の宮中にも献上された奈良の八重桜にも注意を促す。さらに『*大和名所図会』に八重桜の図があることにも言及する。図会には『新古今和歌集』の「ふるさとと思ひなはてそ花桜かかるみゆきに逢ふ世ありけり」（雑上・読人不知）が引かれるが、南都焼討からの復興である東大寺落慶供養における*後鳥羽天皇の行幸を言祝《ことほ》いだ*落首で、興福寺の八重桜に掛けられていたものである。こうした歴史も八一の頭にあったであろう。この歌から、はるか過去の時代の桜の花盛りにも想像が広がってもよいのである。

寺の南にある池。

*伊勢大輔―平安中期の女流歌人。伊勢の祭主大中臣輔親の女。上東門院彰子に仕えた。

*『大和名所図会』―江戸時代に刊行された奈良の名所案内。

*後鳥羽天皇―第八二代天皇。高倉天皇の皇子。土御門天皇に譲位後、三代にわたって院政を行う。『新古今和歌集』撰進を下命。承久の乱（一二二一）により隠岐に配流。（一一八〇―一二三九）

*落首―時代の出来事に呼応した作者不明の歌。

32　はたなか　の　かれたる　しば　に　たつ　ひと　の　うごく　とも　な
し　もの　もふ　らし　も

【出典】南京新唱『鹿鳴集』

畑中の枯れたる芝に立つ人の動くともなし物もふらしも

―畑の中の枯れた芝の上に立つ人は身動きもしない。物思いにふけっているのだろう。―

「平城宮址の大極芝にて」の詞書である。現在の奈良の中心である奈良公園は、平城京の東端である。奈良時代の中心は＊内裏《だいり》であったのは言うまでもない。平城宮址と呼ばれる一帯である。現在は発掘も進み、建物の一部や庭園が復元されたりしているが、八一の時代は、一面の畑であり、かろうじて儀礼の中心の建物である大極殿《だいごくでん》の跡が高台となり、芝が植えられていた。詞書の「大極芝」がそれである。ほとんどかつての様子を想像させることも難

＊内裏―天皇の住居としての宮殿。

しい、廃墟というのも通り過ぎたような場であった。

その芝生の上に、その芝も枯れてしまった冬の日に、微動だにしないで立ち尽くして、物思いにふけっている人物を描き出す。その人物は八一の自画像に他ならない。同じ詞書で次に置かれた一首「はたなか　に　まひ　てりたらす　ひとむら　の　かれたる　くさ　に　たち　なげく　かな」*と一体として読めば、自画像であることはより明らかであろう。

「もののふ」「たちなげく」の対象が個人の思いではなく、平城京の歴史であり、その中心がこのように田畑に完全に帰してしまった廃都としての現状である。そのあたりはすでに何度も見てきた仏像を前にした歌と共通する。そこに生身の八一の思いも付加されないわけではないことも同様である。この歌でも、そうした自画像を描いて見せた所に特色がある。

八一の姿は、私は、写真で接する他はないのだが、どの写真を見ても、体躯の大きさが印象的である。それは弟子筋の人達の回想とも一致する。偉丈夫が畑中で顔をやや上げるようにして、孤独をにじませながらも堂々と物思いにふける様を想像することができる。その人物を中心としながらも、漠々と広がる廃墟こそが、この歌の主題であることは言うまでもない。


*はたなかに……畑の中に日も十分にさしているが、一群の枯れた草を踏みながら、すっかり自然に戻った宮殿の地を嘆くことだ。

33

さくはなの　とはに　にほへる　みほとけ　を　まもりて　ひとの　おいに　けらし　も

咲く花のとはににほへる御仏を守りて人の老いにけらしも

【出典】観仏三昧『鹿鳴集』

咲く花が永遠に美しさを保つかのような御仏を、守って来た人も、老いてしまったものよ。

「十九日*室生寺*に至らむとて桜井の聖林寺*《しょうりんじ》に十一面観音の端厳《たんげん》を拝す、旧知の住僧老いてなほあり」というやや長い詞書を有する。桜井は奈良市街から南下し、飛鳥への入口ともなる場所であり、そこにある小さな寺が聖林寺である。天平時代の傑作である十一面観音を有している。詞書に「端厳」というが、和辻哲郎もこの観音の美しさの讃美者の一人で、『古寺巡礼』*では「写実的透徹」などと評している。

＊十九日―昭和十四年（一九三九）十月十九日。

＊宝生寺―奈良県宇陀市にある真言宗室生寺派の大本山。奈良時代末期から平安時代初期にかけて堂宇が整えられる。

＊聖林寺―奈良県桜井市にある真言宗の寺。藤原鎌足の

八一の歌でも「さくはなのとはににほへる」と讃辞《さんじ》を送っている。「さくはな」は桜を想像してよいが、それが散ることなく永久に咲き続け、その輝きを放ち続けるという、華やいだイメージでこの仏像を捉えている。本来すぐに散ってしまうものが、永久に、そこに存在し続けているという、真に時を止め得たものという、美術作品に対する最大限の讃辞となっている。「にほへる」は、『自註鹿鳴集』で「美しく艶なるをいふ」と注するように、古語としての原義は視覚的な美しさにある。和辻も、顔容からはじめ、全身の肉付けの美しさについて筆を尽くして詳述している。

この歌のもう一つの主題は、そうした仏像を、小さな寺で守り続けて来た住僧への想いである。この寺の僧三好宥忍《みよしゆうにん》とは、八一は親しく長談義をする仲であった。この像は廃仏毀釈で路傍に捨てられていたのを先住が拾ってこの寺のものとしたという根強い伝承は誤りで、三輪神社*の神宮寺の大御輪寺《だいごりんじ》から迎え入れた由を、三好の談*として『自註鹿鳴集』には記している。江戸時代の地誌『大和志』の記事も傍証として記している。そうした貴重な歴史的な遺産を小さな寺で守り続ける苦労に共感するのが「おいにけらしも」の結句である。

長子定慧の開基とされるが、来歴等不明な点が多い。

*『古寺巡礼』―41ページ脚注参照。

*三輪神社―奈良県桜井市にある神社。祭神は記紀によれば、大物主神《おおものぬしのかみ》。日本最古の起源をもつ神社の一。大神神社。

*三好の談―「南京余唱」で、聖林寺で山階宮と偶々出会ったことを歌った「あめ そそぐ やま の みてら に ゆくりなく あひ たてまつる やましな の みこ」の自注で言及。

34 いにしへ を ともらひ かねて いき の を に わが もふ こころ そら に ただよふ

古へをともらひかねて息の緒に我がもふ心空にただよふ

【出典】南京余唱『鹿鳴集』

昔を問い尋ねても何の答えも得られず、一心になって私が想う気持ちが空に漂ってしまう。

＊聖林寺《しょうりんじ》のある桜井から南に広がる飛鳥の地は、平城京以前の都の地であることは言うまでもない。八一の関心はその地にも向けられるのは当然で、何度も訪ねている。この歌は「香具山＊にのぼりて」の詞書の五首の最後で、頂に立っての感慨であろう。

ほとんど何も残さない飛鳥の地の象徴である大和三山の一つの香具山に登り、例により八一は飛鳥時代の昔のことをさかんに想っている。「ともらひ」

＊聖林寺――74ページ参照。

＊香具山――奈良県橿原市にある山。標高一五二メートル。畝傍《うねび》山・耳成《みみなし》山とともに大和三山の一。天香山。

は「とむらひ」に同じで、古語では訪ねることだが、『自註鹿鳴集』で「弔《とむら》はんと心は逸《はや》れど」と注する。飛鳥を想う気持ちは知友の死を弔うに似た気持ちもあるのだろう。

この歌で目につく「いきのをに」は、自注するように『万葉集』の言葉で、「息の緒にわれは思へど人目多みこそ　吹く風にあらばしばしば逢ふべきものを」（巻十一・柿本人麻呂歌集）の旋頭歌《*せどうか》などのように、命がけで相手を想う意で、主に相聞《そうもん》で使われる。八一の古代を想う心は恋情にも近い。人の吐く息を緒（ひも）に喩《たと》えた語で、次の「そらにただよふ」とイメージの上でしっかりと連鎖している。八一の『万葉集』摂取の巧みさがよく示される。

飛鳥は馬でめぐる予定もあったのか、「南京余唱」の歌の詠まれた大正十四年（一九二五）は、乗馬靴で訪ねている。現在興福寺に蔵せられる白鳳時代の仏頭があった寺である山田寺《*やまだでら》を尋ねて、かすかに叢《くさむら》の中に残る礎石を歌った「*くさ　ふめば　くさ　に　かくるる　いしずゑ　の　くつ　の　はくしゃに　ひびく　さびしさ」も、歴史は偲《しの》ぶしか手立てがない飛鳥の様子を歌うとして同じだが、こちらは視覚と聴覚の印象が明瞭な作品である。さびしさと響き合う乗馬靴に付けられた拍車の音が印象的である。

＊旋頭歌――和歌の一体。五七七五七七の六句から成る歌。

＊山田寺――奈良県桜井市にあった寺。七世紀に蘇我石川麻呂が創建。一九八二年に東面回廊の一部を発掘。

＊くさふめば……――草を踏むと、草に隠れている古寺の礎石が、靴の拍車にその存在を音だけで響かせるのは、何とも淋しいものだ。

35 やまでら の ほふし が むすめ ひとり ゐて かき うる には
も いろづき に けり

【出典】観仏三昧『鹿鳴集』

山寺の法師が娘一人居て柿売る庭も色づきにけり

山寺の法師の娘が一人留守を守り、柿を売っている庭の木々も、色づいているなあ。

奈良の北方の山、山城国、京都府に入ったあたりにも古寺が点在する。その一つが*浄瑠璃寺《じょうるりじ》である。藤原時代の九体阿弥陀堂が残り、九体の阿弥陀如来座像が安置されている。八一はそうした美術ではなく、山奥の古寺を守る生活に目を向けて、長い詞書*と共に歌にしている。詞書の中で、寺僧の娘が「赤きジャケツ」を着て、参拝者に柿を売る様子に注目しているが、その少女をそのまま歌ったのがこの歌である。結句の「いろづきにけり」は、『自註鹿鳴集』

＊浄瑠璃寺―京都府木津川市にある真言律宗の寺。平安時代に建てられた山里の寺。

＊長い詞書―「二十日奈良より歩して山城国浄瑠璃寺にいたる、寺僧はあたかも奈良に買ひものに行きしとて

で「木々の葉は紅葉し初めたり」と注するが、染めはじめた紅葉の赤と、娘のジャケットの赤が映発し合うのは言うまでもない。淋しい古寺に華やぎを与えている。

八一の歌は昭和十四年（一九三九）のものだが、その四年後にこの寺を夫妻で訪ねた堀辰雄の『大和路』*中の「浄瑠璃寺の春」にもこの少女は登場する。彼女がやはり「ジャケット」を着て夫妻を案内するのだが、少し荒れた寺と対照的な存在として印象づけられる。堀の妻が目にした柿の木の下で、秋の柿売りの話題から二人の間に話がはずみ、のどかな春の日の女同士の会話を、堀は少し離れた所からながめながら、「平和な気分がこの小さな廃寺《はいじ》をとりまいてゐる」と感想を述べる。

荒れた古都で、溌剌《はつらつ》とした少女に出会うというモチーフは、『伊勢物語』の最初の章段で、奈良を訪れた「昔男」が、若々しい姉妹に会い、すぐに恋歌を詠むという所まで、容易に辿《たど》ることができる。しかし、八一や堀の場合、時代を包んでしまう戦争の影と無関係ではないはずである。

なお、この寺の歌は他に三首*が連続し、二首で本堂脇の機織《はたおり》機を詠み、最後の一首で九体仏を詠むが、供えられた柿が主役である。

在らず、赤きジャケツを着たる少女一人留守をまもりて、たまたま来るハイキングの人々に裏庭の柿をもぎて売り、我等がためには九体阿弥陀堂の扉を開けり、予ひとり堂後の縁をめぐれば一基の廃機あり、これを見て歌を詠じて懐を抒ぶ」。

＊『大和路』――23ページ脚注参照。

＊他に三首――三首以外にも「南京新唱」に「じやうるり の な を なつかしみ みゆき ふる はる の やまべ を ひとり ゆく なり」という早春の歌等がある。

36
あをによし　ならやま　こえて　さかる　とも　ゆめ　に　し　みえ　こ
わかくさ　の　やま

【出典】南京新唱『鹿鳴集』

青丹よし奈良山越えて離かるとも夢にし見え来若草の山

――奈良山を越えて奈良を去っても、夢に見えてくれ若草の山よ。

「東京にかへるとて」の詞書の一首で、「東京にかへりて後に」とする「ならやま　を　さかりし　ひ　より　あさ　に　け　に　みてら　みほとけ　おもかげ　に　たつ」*と一体となって「南京新唱」を閉じている。「あをによし」は万葉以来の奈良にかかる枕詞《まくらことば》だが、奈良山は京都府との境である。京都を経由して東京に戻る行程をとることになる。

東京に戻ってからも夢に見えてほしいと歌うのは若草山である。芝生にお

*ならやまを…――奈良山を離れた日から、朝にも昼にも、奈良の寺もその仏像も、まざまざと面影に立つことだ。

おわれたなだらかな山だが、東大寺や日吉館のある登大路の坂道を近鉄奈良駅（当時は大軌）へ下りて来て、ふり返ると正面に見えることになる。愛惜しながら奈良を去ろうとする目に焼き付くようにその姿が残るのは、私も何度も経験したことである。まして当時は東京と奈良との時間距離は現在との比ではなく大きい。二首目の「あさにけに」は朝ごと日ごとの意だが、奈良の寺や仏像の面影が東京にいても、いつでも思い浮かぶのである。

こうした八一の奈良への愛着は、「南京新唱」の自序の文言に極まるであろう。「われ奈良の風光と美術とを酷愛して、其間《そのかん》に徘徊することすでにいく度ぞ。遂《つい》に或は骨をここに埋めんとさへおもへり。」全体に心を打つ文言であるが、特に「酷愛」という言葉は強い印象を読むものに与えるであろう。八一の奈良への態度をよく示す一語というべきであろう。

それに続いて「ここにして詠じたる歌は、吾《われ》ながらに心ゆくばかりなり。われ今これを誦《じゅ》すれば、青山たちまち遠く繞《めぐ》り、緑樹甍《いらか》に迫りて、恍惚として、身はすでに旧都の中に在るが如し。」とまで、自らの歌への自信の程を語っている。果たして本書で、どこまでその世界へ導き得たかは覚束《おぼつか》ないが、八一の作品の力は届いていることを信じて、奈良の歌から離れたい。

37

**たち いれば くらき みだう に ぐんだり の しろき きば より
もの の みえ くる**

【出典】観仏三昧『鹿鳴集』

立ち入れば暗き御堂に軍荼利の白き牙より物の見え来る

暗い堂内に入って行くと、軍荼利明王の白い牙のあたりから、目になれて、堂内の様々が見えるようになってくる。

奈良の行き来にしばしば経由するのが京都であるが、ここも古寺古仏の豊富な地であることは言うまでもない。八一の京都への関心が高いのは当然である。この一首は長い*詞書が付されているが、*東寺《とうじ》（教王護国寺《きょうおうごこくじ》）の講堂を詠んだ歌である。東寺は*空海が賜った、*京都羅城門の東にある古寺だが、その講堂には貞観時代の、おそらくは空海の時代の仏像が豊かに残されている。

講堂の諸仏は、密教の世界観を表わす*曼荼羅《まんだら》の立体化である羯磨《かつま》曼荼羅の

*長い詞書―「この日醍醐を経て、夕暮に京都に出で教王護国寺に詣づ、平安の東寺にして空海に賜ふところなり、講堂の諸尊神怪を極む」

構想によって諸仏が並べられている。壇の向って左側に配されるのが五大明*王であり、何れも憤怒のすざましい形相をしている。特に軍荼利《ぐんだり》明王は目立つ像であり、『自註鹿鳴集』では『陀羅尼集経《だらにしゅうきょう》』という文献に示された形相の記述を引きながら、「凄惨《せいさん》の気眼前に漲《みなぎ》るものあらむ」と述べるが、像自体がその印象をそのまま実現しているようである。

歌われた内容は、奈良の諸仏を歌ったものと近いと言えよう。暗い堂の中で、眼が慣れるにしたがって諸仏の姿が浮かんで来る様は、何度も歌われた光景である。この歌で、明王像の憤怒の形相の象徴である口元からむき出された牙に注目するのは、対象の特質をしっかりと捉えた故であることも言うまでもない。その「しろききばよりもののみえくる」という表現は、牙の白さを際立てるものとしても極めて巧みと言うべきだろう。牙の白さから眼が慣れて来て、顔全体の形相、さらには堂内の諸仏の様子に、驚きにも近い感動を得る様である。

なお、像の牙の白かったであろう彩色は、すでにほぼ剥落している。八一の頭の中で再現された色である。また、「ぐんだり」という尊名も歌の響きの上から選ばれたものであろうが、やはりこの像でこその一首である。

*東寺―京都市南区にある真言宗東寺派の総本山、教王護国寺の通称。

*空海―日本の真言宗の開祖。諡号、弘法大師。讃岐の人。八〇四年入唐し、密教を学ぶ。帰朝して高野山金剛峯寺を開く。(七七四―八三五)

*京都羅城門―平安京の正門。重閣の瓦屋造で、屋上に鴟尾を上げていた。

*曼荼羅―密教の世界観を表現した図絵。

*五大明王―密教の五体の偉大な明王。不動・降三世・軍荼利・大威徳・金剛夜叉の各明王。

38 まちなか に あした の かね の つき おこる きやうと に い ねて あし のばし をり

【出典】京都散策*『山光集』

街中に朝の鐘の撞き起こる京都にい寝て足伸ばしをり

―街中に朝を告げる鐘が次々と撞かれて行く、京都の宿に寝て、のびのびと足を伸ばしている。―

*京都散策―昭和十五年（一九四〇）の年記を持つ。
*東本願寺―京都市下京区にある浄土真宗大谷派本山、真宗本廟の通称。お東さんとも呼ばれる。

「十月十五日京都にいたり数珠屋《じゅずや》町に宿る」の詞書を付す。数珠屋町は、東本願寺*の東側で、上数珠屋通と下数珠屋通にはさまれた一画で、数珠を扱う店や法具法衣《ほうえ》を売る店が連なり、旅館も多く見られる。門前町とも言える一画である。八一も京都駅から近いそこに宿をとったと思われる。

歌に詠まれた通り「まちなか」である。そこで朝を告げる鐘の音を聞くのだが、「つきおこる」という表現がややわかりにくい。おそらく、一つの寺の鐘が鳴り、また、一つ一つと、鐘が湧き起こるようにして方々から聞こえてくる様《さま》であろう。数珠屋町にも多くの小寺が点在している。東本願寺は無論のこと、街中にあるそうした小寺からの鐘が重なり、街全体が目覚めを迎えるという様子であろう。

大寺院が、街と離れた形で、ほぼ独立した空間を作っているというのが、奈良の姿であろうが、京都の場合は、大寺院も街中にとけ込んでおり、さらに、街中にも小寺が点在する。古寺も普通の人が暮らす街に包み込まれる形で存在するのが、京都の姿であろう。そうした様子を耳で感じ取ったのが「かねのつきおこる」なのだろう。そういった空間のあり方を「きやうと」として総括して、その空間は、普通の生活者である八一にとっても、緊張から解放される場なのであろう。「あしのばしをり」は、市井《しせい》の空間にあることの安心感であろう。

奈良は、実際には多くの時代の美術が存在しても、奈良時代や飛鳥時代に歴史の想像が集中してしまう土地である。しかし、京都の場合、平安時代への集中とはならないであろう。「京都散策」でも、清水寺・龍安寺《りょうあんじ》・等持院《とうじいん》・銀閣と訪ねている。想像する歴史も一点に集中しない一種の緩さがある。

39

さいちよう　の　たちたる　そま　よ　まさかど　の　ふみたる　いは
よ　こころ　どよめく

【出典】*比叡山《ひえいざん》『鹿鳴集』

最澄の立ちたる杣よ将門の踏みたる岩よ心どよめく

最澄の立った山よ、将門の踏んだ岩よ、昔の人を想う心は騒いでくる。

『鹿鳴集』の「比叡山」には、その地での作が収められている。その中の「山中にて」と題する三首の二首目の作品である。比叡山は言うまでもなく京都北東に位置する山で、最澄*により延暦寺《えんりやくじ》が開かれ今に及んでいる。仏教の聖地であり、また、京都を展望する地である。

この地に寺を開いた最澄の心境を詠んだ歌として有名なのが、『新古今和歌集』所収の「阿耨多羅三藐三菩提《あのくたらさんみゃくさんぼだい》の仏たちわが立つ杣《そま》に冥加《みょうが》あらせたま

*比叡山―昭和十三年十月の年記を持つ。

*最澄―日本天台宗の開祖。諡号、伝教大師。近江の人。受戒後比叡山に入り根本中堂（一乗止観院）を創建。八〇四年入唐、翌年帰国し、天台宗を開く。（七六七―八二二）

へ」であり、梵語で、「この上ない仏達よ」と呼びかけ、この山地である「杣」に加護を下さい祈願する作品である。「さいちやうのたちたるそま」は、この歌を受けている。同じ詞書の一首目の歌は、その歌を直接受けた「*あのくたら　みほとけ　たち　の　まもらせる　そま　の　みてら　は　あれ　に　ける　かも」である。寺は荒れても京都を見下ろす風景は変わらない。

「まさかどのふみたるいは」は、次の歌で「*かの　みね　の　いはほ　を　ふみて　をのこ　やも　かく　こそ　あれ　と　をたけび　に　けむ」とあるが、八一も『自註鹿鳴集』で注するように、*頼山陽の『日本外史』で、*平将門が叡山から京都を遠望し、藤原純友と共に、謀反の意志を「壮ンナルカナ。大丈夫ココニ宅《お》ルベカラザルカ」と語ったとすることを受けている。最澄の意志も「大丈夫」ということになろうか。

「大丈夫」というのは男性性が突出した、今から見れば滑稽とも思える観念ではあるが、昭和初期の八一にとっては、自らのあるべき姿にも重ねられ、「こころどよめく」という感想に至るのであろう。八一の歌には繊細さとともに、そうした豪放な感覚が流れていることは確かであろう。叡山という京都東方の最高処という立地もそれを増幅するのは言うまでもない。

*あのくたら……最上の御仏達がお守りになる山の御寺も、荒れてしまったものだ。

*かのみねの……あの峰の岩を踏んで、京都を見下ろしながら、男である以上、こうありたいものだと、将門が雄叫びを上げたというのがここだったのだ。

*頼山陽―江戸後期の儒学者・歴史家・漢詩人・書家。頼春水の長男。『日本外史』は幕末期における歴史観や尊攘運動に影響を与えた。（一七八〇―一八三二）

*平将門―平安中期の武将。東国の独立を企てる平将門の乱を起こす。（?―九四〇）

40 わび すみて きみ が みし とふ とふろう の いらか くだけて くさ に みだるる

【出典】放浪唫草*『鹿鳴集』

わび住みて君が見しとふ都府楼の瓦くだけて草に乱るる

―失意の住まいをして、あなたが見たという都府楼の瓦は、すでに砕けて、草の中に乱れ落ちている。―

八一は大正十年（一九二一）十月から翌年二月まで、中国・九州地方を巡る旅に出ている。早稲田中学教頭だった八一の学校運営上の不満と健康回復のための旅であったが、『鹿鳴集』の「放浪唫草《ぎんそう》」はその折の歌である。この一首は「菅原道真*をおもひて」の詞書による大宰府《だざいふ》*での作品である。

大宰府は、奈良時代に九州経営のために設けられた役所だが、道真は、その権帥《ごんのそち》（次官）という名目で中央政界から左遷された。その感慨をしたため

*放浪唫草―「大正十年十月より同十一年二月に至る」と年記。

*菅原道真―平安前期の学者・政治家・漢詩人。宇多・醍醐両天皇に重用され、右大臣に至るも、藤原時平の讒訴《ざんそ》により大宰権師に左遷、その地で没した。（八四

た七言律詩「不出門」は有名だが、『自註鹿鳴集』にも引くように、その頷《がん》*聯《れん》（三・四句）の「都府楼ハ纔《わづか》ニ瓦ノ色ヲ看《み》ル、観音寺ハ只《た》ダ鐘声ヲ聴ク」を基にしている。官名は名のみであり、幽閉生活を強いられる悲しみが歌われている。「わびすみて」は、そのような道真の状況である。

都府楼は大宰府の中心をなす建物である。大きな建物であったが、現在は礎石だけが残されている。道真が失意のうちに目にしたその建物はなく、その「いらか」も、叢《くさむら》の中に断片が散り落ちている状態にある様を感慨をもって歌っている。「きみ」は言うまでもなく道真であり、その歴史の跡がほんのかすかな痕跡を残すのみとなってしまった様への思いが主題である。

この旅に出た八一の思いを、道真の思いや状況と重ねることもできるであろうし、「きみ」に対してそうした共感を読むこともできるであろう。無論、歌の主題は道真の事にあり、その現場を素材にした歌ではあるが、八一も節度をもった自身の状況の反映は否定しないであろう。この歌の次には、*観音寺の鐘が歌われた「観世音寺の鐘楼にて」の詞書の「*この　かね　の　なり　の　ひびき　を　あさゆふ　に　ききて　なげきし　いにしへ　の　ひと」を載せる。

五─九〇三）

*太宰府─福岡県太宰府市にその史跡が残る。

*頷聯─漢詩で律詩の第三句と第四句の称。対句の表現をとる。

*観音寺─都府楼に近い観世音寺。現在も観世音寺、戒壇院が残る。

*このかねの……─この観音寺の鐘の鳴る響きを、朝夕に聞いて嘆いた昔の人のことが、しみじみと想われる。

41

家主に薔薇呉れたる転居哉

—家主に薔薇の木を残して転居した様よ。—

【出典】『会津八一全集』*

八一の文学活動は俳句からはじまる。この句は、現在知られる活字化された最も早い作品だと思われ、『ほとゝぎす』*の明治三十二年（一八九九）六月号に載せられたものである。満年齢で十七歳、新潟中学校の生徒である。この年七月には新聞『東北日報』に「蛙面房俳話《あめんぼうはいわ》」という俳論の連載をはじめており、明治という時代を考えても、早熟な文学活動の開始である。東京では、正岡子規*の俳句改革が、すでにはっきりとした方向を示しており、八一も俳句を子規の感化のもとで明治三十年ごろには作り始めていたらしい。

＊『会津八一全集』—『会津八一全集　巻六』（中央公論社・昭和五十七年）。

＊『ほとゝぎす』—俳句雑誌。明治三十年、正岡子規の援助により柳原極堂が松山で創刊。翌年、東京に移し、高浜虚子が編集。俳句革新運動の拠点となる。花鳥諷詠の伝統を守り、俳壇の主

この句も、市井での生活を写生的に描いた句だと言えよう。「薔薇」は「そうび」と読ますのであろうが、西洋種のこの花は、明治において、いわゆるハイカラな趣味であった。借り手は、そうしたハイカラになじむ知識人的な人物であろうか。そうした趣味と無縁そうな家主に薔薇の木を残して行く様が「呉《く》れたる」である。家主の当惑も滲《にじ》ませているかもしれない。一つの世界が描き出された成功作と言えよう。「薔薇」は子規も好み、「障子あけて病間あり薔薇を見る」など、よく詠んだ素材であり、その影響もあろう。

翌年、中学を卒業して八一は上京するが、六月には子規庵に子規を訪ねている。子規については、明治四十二年の『新潟新聞』に連載した「我が俳諧」に詳述されている。その中で子規訪問について、著述はすべて目を通しており、特に問うべきこともなかったが、「唯だ刻々人に迫るが如き一種の人格の力を深く感じて帰つた位のものであつた」とその人格に感嘆した旨を記す。八一の俳句は句集も作らず、初期の活動にとどまるが、短歌における万葉尊重や写生的な態度なども、子規からの影響と言ってよいであろう。八一の文学形成に、子規の影響は大きいのである。

流を形成。明治三十四年から『ホト、ギス』。

＊正岡子規—17ページ脚注参照。

42

あさやま を こころ かろらに くだり けむ きみ が たもと の
はちのこ ぞ これ

【出典】鉢の子『寒燈集』*

朝山を心軽らにくだりけむ君が袂の鉢の子ぞこれ

朝の山を心も軽く里へ下って来たと聞く、あなたの、袂に入れていた鉢の子が、まさにこれなのだ。

新潟県に生まれた八一は、良寛*に早くから関心を持ち、生涯尊敬の念を抱いていた。子規にも良寛の存在を教えている。八一の文学や生活の深い所にその影響はあると言えよう。「鉢の子」は良寛が長く庵を結んだ新潟弥彦神社に近い国上を訪れた折の歌群である。*国上寺《こくじょうじ》には良寛の過ごした五合庵が大正三年（一九一四）に再建されているが、それには触れられていない。その地の森山耕田宅で、良寛手沢《しゅたく》の鉢の子を見て詠んだのがこの歌である。

*『寒燈集』―『山光集』に次いで、「わが家の第三集なり」（自序）として、昭和二十二年（一九四七）、四季書房より刊行。初版は限定版で、重版で巻末に自注を付す。
*良寛―禅僧（曹洞宗）・歌人。越後出雲崎の人。諸国を行

『寒燈集』には、この鉢の子について詳しい自註が付されている。鉢の子は禅僧の大切な器で、托鉢《たくはつ》・洗面・食事にも使われる。良寛のものは木製で小ぶりである。また、良寛が「はちのこ」を歌った「道の辺のすみれ摘みつつ鉢の子を忘れてぞ来しその鉢の子を」の反歌を持つ長歌を引いている。「あさやま」は朝の山であり、子供と遊ぶために「こころからに」里に下って行く良寛の姿が捉えられている。その袂には手毬《てまり》とともに、この鉢の子が入れられていたのだろうと、良寛の境涯に共感するようにして詠まれている。

国上訪問は、昭和二十年（一九四五）五月であり、太平洋戦争の空襲で焼け出されて、新潟に居を移した矢先のことであった。精神的にも身体的にも厳しい時期にあるのだが、ここにはそうした反映はないであろう。翌昭和二十一年十二月には、「良寛禅師をおもひて」とする五首を作る。そこでは、今の世に生きていれば、さぞ嘆くであろうと歌い、さらに*自分の苦境の共感者になり得るはずの良寛を歌っている。

なお、良寛と共に、新潟を代表する文人に、*小林一茶がいる。八一は一茶研究にも自負があり、子規の滑稽に重点を置く見方に反論する「一茶研究眼の変遷」を明治四十三年（一九一〇）に*『文章世界』に載せている。

脚修行して帰郷。国上山の庵等を転居。子どもや農民との交わりも知られる。詩・書もよくした。（一七五八—一八三一）

＊国上寺—新潟県燕市国上山《くにがみさん》の中腹にある真言宗豊山派の寺。

＊自分の苦境の共感者—「あり　わびて　わが　よむ　うた　を　うつしみ　に　ききて　ほほゑむ　きみ　なら　まし　を」

＊小林一茶—59ページ脚注参照。

＊『文章世界』—文芸雑誌。当時の編集は田山花袋。

43 むかしびと こゑ も ほがらに たく うちて とかしし おもわ み え きたる かも

【出典】校庭『山光集』

昔人声もほがらに卓打ちて説かしし面わ見え来たるかも

昔の碩学が、ほがらかな声で教卓をたたきながら、文学を説いていた顔つきが、見えてくることよ。

「校庭」は『山光集』中の歌群だが、昭和十九年（一九四四）に早稲田を歌ったものである。「四月二十七日ふたたび早稲田の校庭に立ちて」という詞書によるもので、「むかしびと」は、「坪内逍遙*先生をいへり」と自註する。八一は六十三歳で、太平洋戦争末期である。自ら学生時代を過ごし、中学・大学と教壇に立った早稲田への惜別の思いが満ちている。

「たくうちて」情熱的に講義を展開したのが坪内逍遙であり、その「おもわ」

*坪内逍遙―12ページ脚注参照。

がまざまざとよみがえるのである。「おもわ」は万葉語で、顔つきのことだが、末尾の「かも」とともに万葉調を感じさせる。

八一の大学での専攻は英文学であり、英国の詩人ジョン・キーツ*を卒業論文にしている。キーツはギリシャ・ローマへの憧れが強く、八一が奈良を歌う遠因をこのあたりに見つけ出すこともできよう。また、古美術や遺跡への感性の原点もこのあたりにあろう。後、八一が中学校で教えるのも英語であった。逍遙とは、学生時代は教師と学生の関係であったが、八一が故郷の中学から早稲田中学へ赴任して以来、親しい交際を続けていた。八一が逍遙から学んだのは英文学という範囲にとどまるものではない。逍遙は言うまでもなく日本近代文学史の上でも確実な貢献をした巨大な存在であり、『小説神髄』が、写実主義という日本近代文学の骨格を作ることになった評論であることは、いまさら繰り返す必要もないであろう。八一の歌も、想像の世界への羽ばたきはあるにせよ、基本はリアリズムにある。

なお、学生時代に八一が感化を受けた教師として、小泉八雲*、ラフカディオ・ハーンの存在もある。その三男の洋画家小泉清は八一の中学の教え子である。

*ジョン・キーツ―イギリスの詩人。バイロン、シェリーと並んでロマン派を代表する。古代を憧憬する「ギリシャ古甕のうた」(*Ode on a Grecian Urn*)が有名。(一七九五〜一八二一)

*小泉八雲―本名、ラフカディオ・ハーン。作家・英文学者。ギリシャ生れのイギリス人。一八九〇年来日。松江の人、小泉節子と結婚。のち日本国籍取得。五高、東大などで教鞭をとり、日本に関する多くの著作を出版。『怪談』『知られぬ日本の面影』など。(一八五〇―一九〇四)

44
ののとりの　には　の　をざさ　に　かよひ　きて　あさる　あの
との　かそけく　も　あるか

野の鳥の庭の小笹に通ひ来てあさる足の音のかそけくもあるか

【出典】村荘雑事*『鹿鳴集』

野の鳥が庭の小笹に通って来て、餌を探す足音がかすかであることよ。

明治四十三年（一九一〇）二十九歳で早稲田中学の英語教師になって以来、八一の生活の拠点は東京となった。大正十一年（一九二二）、当時は東京市外であった落合村（現在の豊島区中落合）の市島春城《いちじましゅんじょう》*の別荘に居を定め、自らの号、秋艸道人により秋艸堂と称し、昭和十年（一九三五）、目白文化村*に転居するまで住み続けた。『鹿鳴集』の「村荘雑事」は、そこでの生活を詠んだ作品である。

当時はまだ郊外で、周りに田畑もある起伏のある土地であり、元々別荘だっ

*村荘雑事―「大正十一年九月より同十三年に至る」と年記。私家版で『村荘雑事』としても刊行された。

*市島春城―随筆家。新潟県、現阿賀野市に生れる。大隈重信の改進党や東京専門学校（早稲田大の前身）の発足に協力。『読売新聞』の

たので土地も広かった。樹木も多く、広い庭にも草が茂っていた。弟子の宮*川寅雄『秋艸道人随聞』*によれば、「ぼろな家」であり、玄関に銅鑼《どら》が下げられ、それを鳴らすと中から「誰だっ」と大声があがり、「上れっ」と言われ、主の書斎に入り、四散した本をよけ、座を作り、主と対座するというような、男一人の豪放とも言えるような書斎生活が送られていた。弟子筋を中心に訪問者の絶えない住処《すみか》であった。

しかし、八一は独身者であり、彼等が去れば一人の時間が広がる。学芸に専一する望ましい時ではあるが、ひどく孤独な思いに至る時のあることは想像に難くない。そのような時に訪れる野の鳥を歌ったのがこの歌ではないだろうか。「かそけくもあるか」の「かそけし」は、音や色などのかすかな様だが、『万葉集』の大伴家持「我がやどのいささ群竹《むらたけ》吹く風の音のかそけきこの夕かも」なども想起させる。何とも言えない孤独感がただよう。孤独に餌を探す鳥の姿と八一が重なり合っているとも言えようか。同じように独身で学芸生活を送った釈迢空も「人も馬も道ゆきつかれ死ににけり旅寝かさなるほどのかそけさ」など、この言葉を愛用する。なお、「あのと」は、万葉語で「足音」の意である。

主筆を経て、早大の図書館長や理事を務め、草創期の早稲田大学を支えた。『春城随筆』など。（一八六〇—一九四四）

＊目白文化村—大正から昭和にかけて存在していた、郊外住宅地の名称。落合に近く、画家達のアトリエなどもあった。

＊宮川寅雄—会津八一に師事して東洋美術史を研究。日中文化交流協会で活躍。和光大教授。（一九〇八—一九八四）

＊『秋艸道人随聞』—昭和五十七年、中公文庫として刊行。

45

おほとの　も　のべ　の　くさね　も　おしなべて　なゐ　うちふる　か

かみ　の　まにまに

【出典】震余『鹿鳴集』

大殿も野辺の草根もおしなべて地震うち振るか神のまにまに

天皇の宮殿も、野辺の草も、すべて地震に揺れた。造化の神の思うままに。

「九月一日大震にあひ庭樹の間に遁れて」の詞書の一首である。「おほとの」は皇居、「くさね」は草のこと、「かみのまにまに」は、造化の神の思うままにと、それぞれ『自註鹿鳴集』に注する。大正十二年(一九二三)の関東大震災を、移って間もない秋艸堂で八一は体験する。自註では、家内に書物が散乱した事、庭内の林に簡易な雨よけを設けてそこに数日野宿した事、さらには、流言飛語で騒然とした様であった事などを長文で注している。「震余」は、その時の歌八首からなり、これは最初の一首である。

歌い方はやや観念的で、造化の神の意志で揺れたのだという捉え方も、関東全体を、「おほとのものべのくさねも」と捉える仕方も、時代の色や、八一の背後にある時代の人としての国家観なども窺《うかが》わせるが、未曾有の事態であるだけに、このように詠むしかなかったのであろう。これはこれで、災害に直面した八一の肉声だと考えてよいであろう。

震災後、多くの文学者が、そこで起こった悲惨な出来事を、目をそむけることなく詳細な写実で書き残した例も少なくない。八一の「震余」にも、そうした様をほぼ正面から描く作品もある。あるいは、そうした作品こそがこのような出来事にはふさわしいかもしれないが、やはり、この出来事を、時代の観念の中で大きく捉えたこの一首をあげておきたい。

末尾の一首は、「淡島寒月老人に*」の詞書の「わが*　やど　の　ペルウ　の　つぼ　も　くだけたり　な　が　パンテオン　つつが　あらず　や」であり、寒月の見事な蒐集《しゅうしゅう》美術を「パンテオン」という言葉で思いやる。焼けてしまったらしい。八一も研究のために実物も蒐集したが、現在、早稲田大学会津八一記念博物館に蔵されている。

＊淡島寒月――13ページ脚注参照。
＊わがやどの……――我が家のペルウの壺も砕けてしまった。あなたの見事なパンテオンのような蒐集品はご無事ですか。

46
もえ さりし ふみ の かたみ と しろたへ に つみたる はひ
ぞ くつ に ぬくめる

【出典】焦土『寒燈集』

燃え去りし書の形見と白妙に積みたる灰ぞ靴にぬくめる

燃え去ってしまった書物の形見として、白く積み重なった灰を靴で踏むと、あたたかさが伝わって来る。

前歌で見たように、八一は関東大震災を経験したが、秋艸堂は無事であり、書物も散乱するにとどまった。昭和十年（一九三五）目白文化村に移るまでそこに住み続けた。目白の新居も秋艸堂を称したが、やがて、滋樹園の別名も付した。太平洋戦争の末期、戦火は東京に及んだ。ついに、昭和二十年四月十三日に焼夷弾《しょういだん》という火災を起こすことを目的とした爆弾により、家が全焼した。蒐集した美術資料の一部はすでに大学の資料室にあり無事であったが、残されたものと、何より膨大だった書物は灰燼《かいじん》に帰してしまった。

「焦土」はその経験を歌った歌群だが、この歌は、翌日焼け跡を訪ねた折の感慨である。「ふみ」は書物であり、次の歌では「よみさしておきたるきぞのふみ」、空襲直前まで前夜読み続けていた書物も、また次の歌では「つみおきてよまざりしふみ」、これから読もうとしていた書物も、すべてが灰となってしまったのである。「しろたへに」は「衣」などを導く枕詞だが、ここでは灰の白さである。明らかに本であったことを示すかのように、積み上がっていたのであろう。それを踏む靴から伝わって来る温《ぬく》もりが何とも悲しさを誘うと言えるであろう。せめてもの形見と、その形見との温度を通しての通い合いはあるのであるが、それは最早《もはや》書物でも何でもない。これらの書物が「*ふみ　よめば　こころ　たのし　と　ともしさ　に　たへ　こし　ひとよ　おもほゆる　かも」と歌うように、衣食を節して買い求めてきた精神の糧であったことは言うまでもない。

　罹災《りさい》後、早稲田大学に辞表を提出し受理され、四月三十日には、朝日新聞社の飛行機で故郷である新潟に向かう。秋艸堂は再開されることなく、以後は、新潟で暮らすことになる。


*ふみよめば……――書物を読めば心楽しいと、貧乏に耐えて本を買って来た、あの一夜が思い出されることだ。

47　いとのきて　けさ　を　くるし　と　かすか　なる　その　ひとこと　の　せむ　すべ　ぞ　なき

【出典】山鳩『寒燈集』

いとのきて今朝を苦しとかすかなるその一言のせむすべぞ無き

今までに増して今朝は苦しいと、かすかな声で、娘は一言を発するが、何ともなすすべはない。

八一は昭和二十年（一九四五）七月十日に養女きい子*を亡くす。行年三十四歳であった。彼女を追悼する哀切な詞書（昭和二十年八月と記）を付した二十一首の歌を作る。詞書によれば、きい子は親類の高橋氏の娘で、二十歳で秋艸堂に入り、八一の「薪水」にあたり、蒲柳の質ながら八一の病をも扶けたが、今度は自身が病身のまま新潟に移ることになった。「平生学芸を尚び非理と不潔とを好まず」という人物であり、八一は「衷心の寂寞を想うてしきりに流

*きい子―昭和八年より秋艸堂の家事をみる。八一の養女となり、昭和二十年七月病没。戸籍名「キイ」。

涕をとどめかねたり」とするのも当然であろう。

その歌群の一首目である。おそらく死別の朝であろう。「いとのきて」は万葉語で、いよいよ甚だしくなる様。今までにない身の置き所のない苦しさを「かすかなる」声で訴える娘に対して、何もしてやることのできないことに、痛切な思いを飲み込み、悲しさに耐えるしかない様であろう。八一の切実な情感も伝わるし、何より死に行く娘の姿に涙する他ない一首である。

東京を焼け出された八一ときい子は、新潟中条町（現在は胎内市）の豪農丹後家に身を寄せていたが、同家の建てた観音堂の庫裏に移り、そこできい子は没した。二十一首の歌は「山鳩」と題されるが、村端のこの堂は訪ねる人もなく、ただ山鳩がしきりに鳴くだけだった。次に置かれた二首目は、「やまばと の とよもす やど の しづもり に なれ は も ゆく か ねむる ごとく に」*であり、その題の付される所以が歌われている。

近代の詩歌《しいか》においても、肉親との死別を主題に、多くの傑作が詠まれて来た。この歌群は、きい子の没後、一ヶ月ほどかけて成ったものだが、そうした作品の一画を占めるであろう。奈良の歌人として知られる八一の別の側面を示す作品としても重要であろう。

*やまばとの……山鳩がしきりに鳴くだけの静けさのなか、おまへは逝くのか、ねむるようにして。

48　かへり　きて　ゆめ　なほ　あさき　ふるさと　の　まくら　とよもす
あらうみ　の　おと

【出典】うみなり『全歌集』

帰り来て夢なほ浅き故郷の枕とよもす荒海の音

この地に帰って来ても眠られぬ夜もある。故郷の枕辺で、響いている荒海の波音で。

郷里新潟に帰った八一は、昭和二十一年（一九四六）夕刊新潟社*の社長に迎えられる。その年に市内の南浜通にあった洋館に居を定め、昭和三十一年に没するまで、そこに住み続ける。日本海も近く波音も届く住居であった。「うみなり」は『全歌集』では昭和二十二年六月と年記されるが、詞書によれば、前年十一月十五日に海鳴りのはげしさに眠られず過ごした夜に詠まれた歌だとする。「ゆめなほあさき」は眠れない様子だが、波音による故ではあるが、

＊夕刊新潟社―「夕刊ニイガタ」を昭和二十一年～昭和二十四年発行。

懐かしい故郷とは言え、戦災で長らく過ごした東京を追われたままでいることの不如意な思いも、その理由に想像してもよいであろう。「とよもす」は、音や声を鳴り響かせる様であり、冬の近づいた日本海の波音の大きさである。闇の中で荒れる海の姿も想像され、聞く者を不安な気持ちにさせるであろう。

生活の上では、新潟での八一は、新聞にも健筆をふるい、書展も開き、やがて名誉市民に推され、充実した晩年と判断するのが正当であろう。東京との往還も確保され、新宿の中村屋*を在京時の拠点とした。

なお、『鹿鳴集』にも東京から故郷を想う「望郷」があり、七首の歌が載せられている。その中には、「ふるさと*の　ふるえ　の　やなぎ　はがくれ　に　ゆふべ　の　ふね　の　もの　かしぐ　ころ」という、柳の葉に半ば隠れるように、河口に停泊した船から炊飯の煙が上がっているという、絵画的な構図がしっかりと定まった一首も見られ注目される。なお、柳は新潟市を特色づける景観だったようで、『全歌集』の、冬が来るのに備えて柳の枝を伐《き》る様を詠む連作「伐柳」の詞書で、江戸時代に西廻海運を確立させた*河村瑞軒《かわむらずいけん》が中国西湖を模して植えたという伝を記している。

*新宿・中村屋―相馬愛蔵・黒光夫妻が本郷にパン製造小売りの店を創業。新宿に移転。店を芸術家のサロンに開放して、荻原守衛（碌山）、中村彝、エロシェンコら多くの芸術家を援助。

*ふるさとの……―故郷の、昔から植えられた柳の葉陰から見える、河口に泊まった船から、夕餉のしたくをする煙があがる頃よ。

*河村瑞軒―江戸初期の商人。伊勢の人。奥羽米の江戸廻米のため東西両廻り航路を開く。（一六一八―一六九九）

49

いりひ さす きび の うらは を ひるがへし かぜ こそ わたれ
ゆく ひと も なし

【出典】印象『鹿鳴集』

入り日さす黍の末葉をひるがへし風こそ渡れ行く人もなし

入り日がさし照らしている黍の、葉先をひるがえすように
風が吹き渡って行くが、この道を行く人もいない。

八一のような世代の文人にとって、その精神形成に漢詩は不可欠である。『鹿鳴集』の「印象」は、漢詩の絶句*をもとにした作品九首からなる。大正十二年（一九二三）九月の年記があるが、昭和十四年（己卯）十月の序文があり、唐人の絶句を以《もっ》て和歌二十余首をかつて作り「聊《いささ》か手入」したものとする。翻訳とも創作とも見られる故に「印象」と題したと述べる。

この歌のもととなった詩は、中唐の*耿湋《こうい》の有名な「秋日」である。八一の

*絶句―漢詩の近体詩の一。起・承・転・結の四句からなる定型詩。五言絶句と七言絶句がある。

*耿湋―中国唐代の詩人。河

書き下しで示すと、「返照ハ閭巷《りょこう》ニ入リ、憂ヒ来ツテ誰カ共ニ語ラン。古道ハ人ノ行ク少シ。秋風ハ禾黍《かしょ》ヲ動カス。」*という五言絶句である。八一の歌では、原詩の「憂ヒ来ツテ誰カ共ニ語ラン」の部分が明示されていないが、歌全体の中に、そのことは暗示されていると言ってよいだろう。「ゆくひともなし」は我以外に行く人はいない意だと読んでよいだろうが、そこに共に語る人のいない孤独感を焦点化させてもよかろう。「古道」も明示されていないが、八一の場合、大和路の古い径を一人行く作者の姿を、容易に想像させるであろう。ちなみに、「きび」はイネ科のキビであるが、「禾黍」はイネやキビである。冷たさを含んだ風が、葉先を裏返すように強く吹きつける秋の夕方の情景の中に孤独をかみしめるのである。

　原詩の「古道」という言葉から、大和路を行く八一の自画像のような作品世界を読み出してしまったが、「印象」という歌群の他の作品は、必ずしもそのような作品ではない。むしろ、山中への隠遁《いんとん》のモチーフが目につく。基本的には漢詩の世界にできるだけ寄り添おうとしている作品群である。あえて、この一首を私が選んだのは、やはり八一の歌人としての卓越性は、先ずは奈良を詠む歌の中に認められると思うからである。

東（山西省）の人。銭起らとともに「大暦十才子」の一人。詩集『耿拾遺詩集』。

＊漢詩原文—「返照入閭巷　憂来誰共語　古道少人行　秋風動禾黍」

50 うらみ　わび　たち　あかしたる　さをしか　の　もゆる　まなこ　に
あき　の　かぜ　ふく

【出典】南京新唱『鹿鳴集』

恨みわび立ち明かしたるさ牡鹿の燃ゆるまなこに秋の風吹く

恋の恨みに一夜立ち明かした牡鹿の、燃えるような瞳に、秋の風が吹いて行く。

最後に奈良の歌に戻ろう。今まで見て来たこの地の歌で、鹿を主題にした歌を落としてしまった。やはり奈良に鹿は不可欠な景観であり、八一も多くの歌に詠んでいる。『渾斎随筆』でも、「奈良の鹿」という題で、自作について語っている。『万葉集』では、例外はあるものの、鳴声のみが詠まれるが、自作では、生きた鹿を身近に見ることで、その様々な姿が捉えられているとする。江戸時代以来、鹿が身近な場に増えたという事情もあるが、近代の文学者としての写生眼の故でもあるのである。その中でも、瞳に注目したこの一首は、和歌の伝統を考えても目につくであろう。

しかし、なぜ「もゆるまなこ」なのか。それは初句の「うらみわび」で瞭然であろう。『百人一首』でも有名な*相模《さがみ》の「恨みわびほさぬ袖だにあるものを恋に朽ちなむ名こそ惜しけれ」（後拾遺・恋四）を直ちに思い浮かべ得るように、恋を失った恨み故である。だから寝られずに立ちつくすのであり、瞳も燃えるのである。そこに伝統的に「飽き」を掛詞《かけことば》にする「秋風」が吹いて行く。古典世界と近代人の写生眼がよく調和した一首となっている。

無論、鹿の鳴声も八一にとって重いのは、言うまでもない。最も重要な歌集の名が『鹿鳴集』であることからも明らかである。やはり『渾斎随筆』の「鹿の歌二首」で、二首の歌を歌集に入れ忘れた無念を述べている。「*しか　なきて　かかる　さびしき　ゆふべ　とも　しらで　ひともす　なら　の　まちびと」、「*しか　なきて　なら　は　さびし　と　しる　ひと　も　わが　もふ　ごとく　しる　と　いはめ　や　も」。八一にとって伝統的な鹿の声も誰とも共有できない淋しさを感じさせるものであり、歌集名の由来と言われることが多い『詩経』の「*呦呦鹿鳴」とも異なるのである。

＊相模――平安中期の女流歌人。相模守大江公資と結婚、相模と呼ばれる。『後拾遺集』には三九首入集。

＊しかなきてかかる……――鹿が鳴き、こんなに淋しい夕べだとも知らないで、灯りをともす奈良の町の人たちよ。

＊しかなきてならは……――鹿が鳴いて、奈良は淋しいと知る人も、私が感じるようには、その淋しさを知りはしないであろう。なお、この二首は、創元選書版『鹿鳴集』で補われている。

＊呦呦鹿鳴――八一は『渾斎随筆』の「鹿の歌二首」で、詩経の詩句は「明るく、賑やかに、楽しく」聞こえる鹿鳴と解している。「私の奈良の一人旅とは、似てもつかぬものである。」と言う。

歌人略伝

会津八一は、歌人であるとともに、書家であり美術史学者であった。英語教師としての経歴も長い。明治十四年（一八八一）八月一日新潟市に生まれる。父政次郎は豪農市島家の一族。新潟中学在学中に、俳句を始め、明治三十二年、『ほとゝぎす』に投句、『東北日報』に俳論を連載。明治三十三年、中学を卒業し上京、正岡子規に面会。明治三十五年、再び上京し高等予科を経て、翌年、早稲田大学文学科に入学。英文学を専攻し、坪内逍遙・小泉八雲などに学ぶ。明治三十九年、卒業論文「キーツの研究」を書き卒業、新潟の有恒学舎に英語教師として赴任。明治四十一年、八月にはじめて奈良を旅行し、短歌二十首を作る。明治四十三年、早稲田中学校の英語教師に転じ上京。大正九年（一九二〇）、日本希臘《ギリシャ》学会を設立。大正十一年、東京市外落合村の市島春城の別荘に移り、秋艸堂《しゅうそうどう》と名付ける。大正十三年、歌集『南京新唱《なんきょうしんしょう》』を出版。大正十四年、早稲田大学高等学院教授に転じ、英語を担当。昭和六年（一九三一）、早稲田大学文学部教授、東洋美術史を担当。昭和八年、『法隆寺法起寺法輪寺建立年代の研究』を東洋文庫より刊行、翌年、文学博士。昭和十五年、『鹿鳴集《ろくめいしゅう》』を刊行。昭和十七年、『渾斎《こんさい》随筆』を、昭和十九年、『山光集』を刊行。昭和二十年、空襲により、目白文化村の自宅が全焼、新潟に移る。その年、養女きい子を失う。昭和二十一年、夕刊新潟社の社長となり『夕刊ニヒガタ』創刊。昭和二十二年、『寒燈集』を刊行。昭和二十六年、『会津八一全歌集』を、昭和二十八年、『自註鹿鳴集』を刊行。昭和三十一年十一月二十一日新潟で没。七十五歳。没後二度にわたり『会津八一全集』が刊行される。

略年譜

年号	西暦	年齢	八一の事跡	歴史事項
明治一四	一八八一		八月一日、新潟市に生まれる	
二八	一八九五	14	新潟県尋常中学校に入学する	日清戦争終わる
三二	一八九九	18	俳句が『ほとゝぎす』に載り、『東北日報』に俳論を連載	
三三	一九〇〇	19	新潟中学校を卒業、上京し正岡子規に面会	
三五	一九〇二	21	再度上京し、東京専門学校高等予科に入学	
三六	一九〇三	22	早稲田大学文学科に入学、英文学を学ぶ	
三七	一九〇四	23		日露戦争開戦
三九	一九〇六	25	早稲田大学を卒業し、新潟の有恒学舎の英語教師となる	
四一	一九〇八	27	はじめて奈良を旅行、短歌二十首を作る	
四三	一九一〇	29	早稲田中学校の英語教師となり上京	
大正 七	一九一八	37	早稲田中学校の教頭となる	
一一	一九二二	41	早稲田中学校教頭職を辞し、秋艸堂に転居	
一二	一九二三	42		関東大震災
一三	一九二四	43	最初の歌集『南京新唱』を刊行	
一四	一九二五	44	早稲田高等学院教授となる	

昭和　六　一九三一　50　早稲田大学文学部教授となる　満州事変

八　一九三三　52　『法隆寺法起寺法輪寺建立年代の研究』を刊行

九　一九三四　53　文学博士となる

一〇　一九三五　54　目白文化村に転居

一三　一九三八　57　早稲田大学文学部哲学科に芸術学専攻を設置し主任教授

一五　一九四〇　59　歌集『鹿鳴集』を刊行

一六　一九四一　60　太平洋戦争開戦

一七　一九四二　61　随筆集『渾斎随筆』を刊行

一九　一九四四　63　歌集『山光集』を刊行

二〇　一九四五　64　焼夷弾で自宅を焼失、早稲田大学教授を辞し新潟に移る
新潟県中條町西條の観音堂庫裏で養女きい子没　太平洋戦争終戦

二一　一九四六　65　夕刊新潟社長となり、『夕刊ニヒガタ』創刊　日本国憲法公布

二二　一九四七　66　歌集『寒燈集』を刊行

二四　一九四九　68　『夕刊ニイガタ』廃刊、翌年、新潟日報社社賓となる

二六　一九五一　70　『会津八一全歌集』を刊行、読売文学賞を受ける

二八　一九五三　72　宮中歌会始の召人に選ばれ、宮中歌会に臨席する
自歌自注『自註鹿鳴集』を刊行

三一　一九五六　75　一一月二一日、新潟大学付属病院にて没

解説　「歌人としての会津八一」――村尾誠一

八一と奈良

われ奈良の風光と美術とを酷愛して、其間《そのかん》に徘徊することすでにいく度ぞ。遂に或は骨をここに埋めんとさへおもへり。ここにして詠じたる歌は、吾ながらに心ゆくばかりなり。われ今これを誦《じゅ》すれば、青山たちまち遠く繞《めぐ》り、緑樹甍《いらか》に迫りて、恍惚《こうこつ》として、身はすでに旧都の中に在るが如し。

すでに歌を語る中で引いたが、ここでもやはり『南京新唱《なんきょうしんしょう》』の序文は引いておきたい。奈良という歌われる対象への「酷愛」という言葉に代表される愛情と、「心ゆくばかりである」と断言される詠み出された作品への自負が、これ以外考えられない的確な表現で語られているからである。

八一は、何よりも奈良を歌う歌人である。奈良という土地を歌う近代の歌人は決して少なくはない。人々に好まれ口ずさまれる作品も幾首もあげられよう。しかし、八一以上に、この地を愛し、歌った歌人はいないであろう。寺々に建てられた歌碑も加わり、人々の記憶に残る歌も多い。その作品は、八一自らが心ゆくばかりではなく、奈良に遊んだ多くの人々の心に刻みつけられ続けているのである。

八一は先の序文で、西国三十三番巡礼の御詠歌に触れるが、本来寺を巡るのは、宗教的な営為であることは言うまでもない。しかし、明治維新の廃仏毀釈の運動での壊滅の危機から、奈良の寺々が、文化財としての古寺として蘇って以来は、古寺を巡礼する営為が、古美術巡礼へと変質して行く。奈良をギリシャに、京都をローマにというように、西洋に倣う形で、明治政府の文化政策は行われるのだが、美術を見る目にも、彼の地での美学・美術史の見方が日本にも影響を及ぼすのは避けられないことであろう。そうした古寺巡礼のあり方を書物という形で定着させたのが大正八年（一九一九）に刊行された和辻哲郎の『古寺巡礼』である。美術巡礼としての奈良巡りを、二十代の和辻の瑞々しい感性の燦《きら》めきの表現を通して、知識人達に定着させる力は大きなものがあった。

その上で、大正十三年に刊行されたのが、八一の『南京新唱』であった。四十四歳の中学校教師の歌集は、一部に知られるのみで終わった。その歌集も吸収する形で『鹿鳴《ろくめい》集』が刊行されたのが、昭和十五年（一九四〇）であった。昭和十三年には『新万葉集』にも三十首が入り、すでに八一の歌には、斎藤茂吉も高い評価を示していた。この歌集も、小説家の堀辰雄などにも愛読された。しかし、直ちに広く世に受け入れられたというわけではなかった。昭和二十八年には、『自註鹿鳴集』が刊行され、八一の歌は、かなり長い時間を経て近代古寺巡礼の古典としての地位を獲得したというべきだろう。

書物を時間で並べれば以上のようになるが、和辻の巡礼記が、大正七年の初旅の印象記であるのに対して、八一の場合は、それに先行する明治四十一年の初旅以来、何度も古寺巡りを続けた上のものであった。短歌という古い形式と、『万葉集』の言葉や語法が多用され、旧めかしいイメージを纏《まと》いがちである。しかし、仏像を見る目は、近代の美術史学者としての確かな目である。その上で、八一の奈良の風光に対する愛着も加わる。奈良の独特な風景の中で、古美術を巡るという姿が示される。さらに、「さびしさ」という言葉が何度も詠まれるように、八一のその時の心情とも重なる。古寺を巡る近代の知識人の文学として、十分な表現世界が獲得されていると言えよう。

美術史学者・書家・教師

八一に関心を持つ人は、どこかで、「学規」に触れたことがあると思う。「一、ふかくこの生を愛すべし　一、かへりみて己を知るべし　一、学芸を以て性を養ふべし　一、日々新面目あるべし」。この四箇条は、弟子に示すとともに自らも規としたものである。学芸を生活の中心に置き、自らを顧みながらその生活を愛し自足し、日々新たな自分になって行くという、学者生活の理想であり基本である。

八一の学芸への目覚めは早かった。中学校の生徒であった十代で、『万葉集』、子規の俳句、良寛に関心を持ち、新聞への俳論の連載にまで至った。大学では英文学を専攻し、ギリシャやローマに深い憧憬を抱いた英国の十九世紀の詩人ジョン・キーツを卒業論文とした。その後の学問の進展はむしろ晩熟とも言える軌跡であり、中学校の英語教師として、独身生活を続けながら、若い弟子達に囲まれるという日々の中で、学を熟成させた。「学規」はその中で草されたものであり、『南京新唱』の歌もそうした日々になった作品である。

学問の専門である美術史学も、キーツからの連続であるギリシャ美術の研究から始め、昭和三年に『奈良美術史史料推古篇』を刊行し、学術論文としては、昭和四年『東洋美術』創刊号発表の「中宮寺曼荼羅に関する文献」が最初となろう。四十八歳である。昭和六年早稲田大学文学部の東洋美術史の教授となり、昭和八年に『法隆寺法起寺法輪寺建立年代の研究』を刊行し、翌年文学博士の学位を得ている。言うまでもないことだが、歌に結実した古寺巡礼がその学の基底である。中国美術については、副葬品である明器《めいき》の蒐集は精力的で、文献のみではなく実物に即して学問が形成されているのは同様である。八一の短歌作品は、後の増補を経た昭和六十一年版の『会津八一全歌集』でも八八六首であり、自らの精撰を経たものとしても多いものとは言いがたい。しかし、美術史学者の余技と位置づけるわけにはいかない。学術と一体の営為だとしなくてはなるまい。

八一の場合、書家としての面も重い。短歌との関連でも、平仮名書きと語分かちは、短歌の音調との関連も大きいが、自らの歌を自らの書作品として提示することと結びつくのは当然である。本書で採用した表記法は『会津八一全歌集』に拠るものであり、晩年の作者が至った形である。例えば『南京新唱』に初出された作品であれば、初出の表記は異なる。残された書跡や、自らの意図で刊行された書籍に関しても、歌の表記法は揺れがあり、模索を重ねたものであったことが知られる。

短歌の表記法に話がいってしまったが、書家ということで言えば、その自認がどこから生じたかは問題である。よく取り上げられるのは、三十九歳の大正九年の「潤筆規定」である。端的に言えば、八一の書を代価でもって求める人が増えた、職業的な書家が実現していることを示そう。展覧会としては『会津八一全集』の年譜では、大正十四年の「銀座松坂屋横の望紗瑠荘」での個展が最初期のものと知られ、そのあたりから書家としての位置を持つことになろう。書家としての評価は、私のなし得る所ではないが、なじみやすい独特の書体は、一度見れば忘れることがないであろう。

なお、八一の意外性のある趣味として、馬術がある。飛鳥を馬で巡る企図は、作品の中にも見えたが、年譜をながめると、陸軍士官学校に馬術の練習に赴いたり、房総の館山での水馬訓練にまで参加する本格的なものであった。植物の栽培や、小鳥の飼育など、多趣味な人物であった。

和歌・短歌史上の位置

八一の場合、奈良を歌う学匠歌人ということで、独自の文学史的な位置を持つと言えるだろう。歌壇や結社という存在とも無縁であり、流派を単位として区分されがちな近代短歌史の記述のされ方にもなじまない。短歌の弟子と言える存在は吉野秀雄一人であるとも言われる。秀雄には、師への唱和や尊敬の念を直接歌う作品もあるが、その全体を流派的なものとして捉えることはできないと思われる。

八一は短歌において、一般的な意味では師を持たない。しかし、俳句においては正岡子規に学び、さらには坪内逍遙にも文学を学んでいる。逍遙の『小説神髄』が、明治以後の日本文学が西洋を範とした近代文学として脱皮して行く基本原理である写実主義の提示の原点であることは、言うまでもない。子規は、その流れの中で、俳句・短歌を、写実主義、特に「写生」という術語で、近代化して行った人物であった。八一の短歌も、基本的な骨格としては、その系譜に属すると言ってもよいであろう。

そうした視野で八一を語る場合、先ず問題とされる作品が、昭和二十年に、新潟の観音堂で養女きい子の若い死を看取った歌群「山鳩」である。主題の上からも斎藤茂吉の「死にたまふ母」にも比されることがある。優劣はともかくも、親しい家族を送る心情の切実な表現世界は直接に読者の心を揺らし、子規以来の近代短歌の達成を八一も共有していることを明らかにするであろう。

しかし、八一にとってより本質的なのは、奈良の歌であろう。先述したように、写実とも言える確実な目で美術作品や風土を捉え、的確な表現を形成し得ている。さらに「さびしさ」などの自らの感情が重ねられ、自覚された個人の心情の表現世界ともなっている。そうした目や個の感情は、英文学や美術史学という西洋を経由した知的蓄積に支えられているのも、先に見た。すなわち、近代文学としての短歌の流れと無縁ではないどころか、八一の奈良の歌も、子規以来の近代短歌の重い到達点としての位置を占めているのである。だからこそ、八一の歌は、近代古寺巡礼の古典でもあるのである。

八一の短歌は『万葉集』の影響が顕著であることも先述した。『万葉集』は、子規以来の近代短歌の一つの共通基盤である。詩型が連続する以上、和歌からの連続は避けられず、短歌らしさは、古典和歌との「しらべ」の連続性を絶っては実現しがたい。子規以来、近代人の思念の表現と同質の写実主義的な歌として捉えた『万葉集』こそが「しらべ」を支える源泉であった。八一にとっても同様に考えてよいであろう。だから、歌の纏《まと》う古風な印象は、近代文学であることと矛盾はしないのである。

八一のみではなく、近代の重要な歌人は、誰もが際立つ個性を持ち、特異な位置を短歌世界に占めていると言うのが正しいのかもしれない。しかし、同時に、文学史的な同質性は存在する。八一の場合も、そこに注目しておくことも、無益ではないはずである。

読書案内

会津八一『自註鹿鳴集』（岩波文庫・一九九八年）
『鹿鳴集』の作品に八一自らが注を付したもの。注はかならずしも容易に読めるものではないが、私のこの本は、八一のこの自注への導きとしての役割も担っているつもりである。八一の作品世界を理解するための必読書である。

会津八一『渾斎随筆』（中公文庫・一九七八年）
『鹿鳴集』の歌に関する補注的な内容を主軸にした、八一の随筆集。八一の作品を理解するためには是非読みたいが、現在絶版であり、新本では入手できない。古書での入手は容易である。

西世古柳平『会津八一と奈良―歌と書の世界―』（二玄社・一九九二）
八一の奈良の歌を寺院ごとに集成し、入江泰吉の美しい写真と、八一の筆跡も写真で提供する豊かな内容をもった一書である。書道家としての八一を理解するためにもよい入口となる。

会津八一記念館編『会津八一悠久の五十首』（新潟日報事業社・二〇〇六年）
八一の歌を五十首選び解釈（和泉久子担当）を示し、八一に関する近代諸家の評、八一の美学（神林恒道担当）、八一の生涯からなる。本書と近い内容だが、選ばれた歌は必ずしも重ならない。

『会津八一全歌集』（中央公論社・一九八六年）

八一の全歌集。ここに掲出したのは没後の増補新修版。自身の手による全歌集は、一九六一年、中央公論社刊。いずれも絶版であるが、古書では手に入る。

『会津八一全集』（中央公論社・一九八二〜八四）

二度目の全集で、決定版的な性格を持つ。絶版であるが、公共図書館などで読むことができるであろう。八一の文芸のみではなく、美術史学を中心とした学問にも触れることができる。

和泉久子校注『海やまのあひだ／鹿鳴集』（明治書院・和歌文学大系・二〇〇五年）

『鹿鳴集』の学術的な注。初版本を底本とする。解説も含めてゲーテとの関係を重視する。長谷川政春校注の釈迢空『海やまのあひだ』と合冊。

和辻哲郎『古寺巡礼』（岩波文庫・一九七九年）

この本でも度々言及したが、古美術観賞としての近代古寺巡礼を知識人の間に定着させた本であり、八一の奈良の歌を理解する上でも必読である。

堀辰雄『大和路・信濃路』（新潮文庫・一九五五年）

これも、何度か言及した書物。堀は八一の愛読者であり、「大和路」の中でも、八一の影響は様々に見られる。

【著者プロフィール】

村尾誠一（むらお・せいいち）

1955年東京都生。学習院大学文学部卒業。東京大学大学院修了。博士（文学）。現在、東京外国語大学大学院教授。著書に『中世和歌史論　新古今和歌集以後』（青簡舎）、『残照の中の巨樹　正徹』（新典社）、『新続古今和歌集』（明治書院）、コレクション日本歌人選11『藤原定家』（笠間書院）、『竹乃里歌』（明治書院）などがある。

会《あい》津《づ》八《や》一《いち》　　コレクション日本歌人選 068

2019年1月25日　初版第1刷発行

著　者　村尾誠一

装　幀　芦澤泰偉

発行者　池田圭子

発行所　笠間書院

〒101-0064　東京都千代田区神田猿楽町2-2-3

NDC分類911.08　　電話03-3295-1331 FAX03-3294-0996

ISBN978-4-305-70908-0

本文組版：ステラ　印刷／製本：モリモト印刷

乱丁・落丁本はお取り替えいたします。　（本文用紙：中性紙使用）

出版目録は上記住所または、info@kasamashoin.co.jp までご一報ください。

コレクション日本歌人選　第Ⅰ期〜第Ⅲ期　全60冊！

第Ⅰ期　20冊　2011年（平23）2月配本開始

1	柿本人麻呂	かきのもとのひとまろ	高松寿夫
2	山上憶良	やまのうえのおくら	辰巳正明
3	小野小町	おののこまち	大塚英子
4	在原業平	ありわらのなりひら	中野方子
5	紀貫之	きのつらゆき	田中登
6	和泉式部	いずみしきぶ	高木和子
7	清少納言	せいしょうなごん	圷美奈子
8	源氏物語の和歌	げんじものがたりのわか	高野晴代
9	相模	さがみ	武田早苗
10	式子内親王	しょくしないしんのう（しきしないしんのう）	平井啓子
11	藤原定家	ふじわらていか（さだいえ）	村尾誠一
12	伏見院	ふしみいん	阿尾あすか
13	兼好法師	けんこうほうし	丸山陽子
14	戦国武将の歌		綿抜豊昭
15	良寛	りょうかん	佐々木隆
16	香川景樹	かがわかげき	岡本聡
17	北原白秋	きたはらはくしゅう	國生雅子
18	斎藤茂吉	さいとうもきち	小倉真理子
19	塚本邦雄	つかもとくにお	島内景二
20	辞世の歌		松村雄二

第Ⅱ期　20冊　2011年（平23）10月配本開始

21	額田王と初期万葉歌人	ぬかたのおおきみ しょきまんようかじん	梶川信行
22	東歌・防人歌	あずまうた さきもりうた	近藤信義
23	伊勢	いせ	中島輝賢
24	忠岑と躬恒	みぶのただみね おおしこうちのみつね	青木太朗
25	今様	いまよう	植木朝子
26	飛鳥井雅経と藤原秀能	まさつね ひでよし	稲葉美樹
27	藤原良経	ふじわらのよしつね（りょうけい）	小山順子
28	後鳥羽院	ごとばいん	吉野朋美
29	二条為氏と為世	にじょうためうじ ためよ	日比野浩信
30	永福門院	えいふくもんいん（ようふくもんいん）	小林守
31	頓阿	とんな（とんあ）	小林大輔
32	松永貞徳と烏丸光広	ていとく みつひろ	高梨素子
33	細川幽斎	ほそかわゆうさい	加藤弓枝
34	芭蕉	ばしょう	伊藤善隆
35	石川啄木	いしかわたくぼく	河野有時
36	正岡子規	まさおかしき	矢羽勝幸
37	漱石の俳句・漢詩		神山睦美
38	若山牧水	わかやまぼくすい	見尾久美恵
39	与謝野晶子	よさのあきこ	入江春行
40	寺山修司	てらやましゅうじ	葉名尻竜一

第Ⅲ期　20冊　2012年（平24）6月配本開始

41	大伴旅人	おおとものたびと	中嶋真也
42	大伴家持	おおとものやかもち	小野寛
43	菅原道真	すがわらみちざね	佐藤信一
44	紫式部	むらさきしきぶ	植田恭代
45	能因	のういん	高重久美
46	源俊頼	みなもとのとしより（しゅんらい）	高野瀬恵子
47	源平の武将歌人		上宇都ゆりほ
48	西行	さいぎょう	橋本美香
49	鴨長明と寂蓮	ちょうめい じゃくれん	小林一彦
50	俊成卿女と宮内卿	しゅんぜいきょうじょ くないきょう	近藤香
51	源実朝	みなもとのさねとも	三木麻子
52	藤原為家	ふじわらためいえ	佐藤恒雄
53	京極為兼	きょうごくためかね	石澤一志
54	正徹と心敬	しょうてつ しんけい	伊藤伸江
55	三条西実隆	さんじょうにし さねたか	豊田恵子
56	おもろさうし		島村幸一
57	木下長嘯子	きのした ちょうしょうし	大内瑞恵
58	本居宣長	もとおりのりなが	山下久夫
59	僧侶の歌	そうりょのうた	小池一行
60	アイヌ神謡ユーカラ		篠原昌彦

推薦する——「コレクション日本歌人選」

篠　弘

●伝統詩から学ぶ

啄木の『一握の砂』、牧水の『別離』、さらに白秋の『桐の花』、茂吉の『赤光』が出てから、百年を迎えようとしている。こうした近代の短歌は、人間を詠みうる詩形として復活してきた。しかし、実生活や実人生を詠むばかりではなかった。その基調に、己が風土を見つめ、豊穣な自然を描出するという、万葉以来の美意識が深く作用していたことを忘れてはならない。季節感に富んだ風物と心情との一体化が如実に試みられていた。

この企画の出発によって、若い詩歌人たちが、秀歌の魅力を知る絶好の機会となるであろう。また和歌の研究者も、その深処を解明するために実作を始められてほしい。そうした果敢なる挑戦をうながすものとなるにちがいない。多くの秀歌に遭遇しうる至福の企画である。

松岡正剛

●日本精神史の正体

和泉式部がひそんで塚本邦雄がさんざめく。道真がタテに歌って啄木がヨコに詠む。西行法師が往時を彷徨して寺山修司が現在を走る。実に痛快で切実な組み立てだ。こういう詩歌人のコレクションはなかった。待ちどおしい。

和歌・短歌というものは日本人の背骨であって、日本語の源泉である。日本の文学史そのものであって、日本精神史の正体なのである。そのへんのことはこのコレクションのすぐれた解説を読まれるといい。

その一方で、和歌や短歌には今日のメールやツイッターに通じる軽みや速さや愉快がある。たちまち手に取れるし、目に綾をつくってくれる。漢字・旧仮名・ルビを含めて、このショートメッセージの大群からそういう表情をぞんぶんにも楽しまれたい。

コレクション日本歌人選　第Ⅳ期

第Ⅳ期　20冊　2018年（平30）11月配本開始

61	高橋虫麻呂と山部赤人	たかはしのむしまろ とやまべのあかひと	多田一臣
62	笠女郎	かさのいらつめ	遠藤宏
63	藤原俊成	ふじわらしゅんぜい	渡邉裕美子
64	室町小歌	むろまちこうた	小野恭靖
65	蕪村	ぶそん	揖斐高
66	樋口一葉	ひぐちいちよう	島内裕子
67	森鷗外	もりおうがい	今野寿美
68	会津八一	あいづやいち	村尾誠一
69	佐佐木信綱	ささきのぶつな	佐佐木頼綱
70	葛原妙子	くずはらたえこ	川野里子
71	佐藤佐太郎	さとうさたろう	大辻隆弘
72	前川佐美雄	まえかわさみお	楠見朋彦
73	春日井建	かすがいけん	水原紫苑
74	竹山広	たけやまひろし	島内景二
75	河野裕子	かわのゆうこ	永田淳
76	おみくじの歌	おみくじのうた	平野多恵
77	天皇・親王の歌	てんのう・しんのうのうた	盛田帝子
78	戦争の歌	せんそうのうた	松村正直
79	プロレタリア短歌	ぷろれたりあたんか	松澤俊二
80	酒の歌	さけのうた	松村雄二